국어시간에
여행글읽기 1

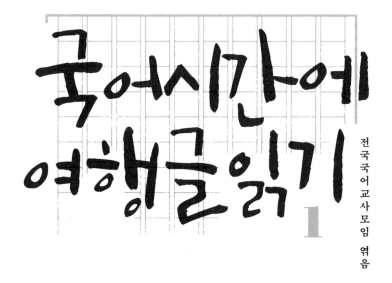

국어시간에
여행글읽기

전국국어교사모임 엮음

1

Humanist

국어 시간에 가장 많이 읽는 책

전국국어교사모임은 신나고 재미있는 국어 수업을 만들기 위해 20년이 넘게 애써 왔습니다. 특히, 중·고등학생들이 읽을 만한 책이 없는 상황에서 학생들이 즐겨 읽을 수 있는 책들을 펴내 청소년 문학에 새바람을 불러일으켰습니다. 학생들의 눈높이를 가장 잘 알고 있는 현장의 국어 선생님들이 엮은 '국어시간에 읽기' 시리즈는 학생들의 관심과 흥미를 살폈을 뿐 아니라, 학생들의 삶이나 현실과 맞닿아 있어 공감을 끌어낼 수 있었습니다.

우리 모임에서 청소년 문학으로 낸 첫 번째 책은 김은형 선생님이 수업에 활용했던 소설을 모아 엮은 《국어시간에 소설읽기 1》입니다. 이 책은 나오자마자 청소년 문학 베스트셀러가 되었습니다. 학생들의 눈높이에 맞는 책인지라 수업 시간에 가장 많이 읽는 책이 되었으며, 여러 권위 있는 단체에서 '중학생이 읽기 좋은 책', '중학생에게 읽기를 권장하는 책'으로 뽑았습니다. 우리는 이어서 《국어시간에 시읽기》,《국어시간에 생활글읽기》 등을 차례로 펴냈고, 그 책들은 모두 현장 국어 교사들이 수업에 적극 활용하는 책이면서 학생들이 즐겨 읽는 책으로 자리 잡았습니다. 이후 아이들에게 더 많은 읽을거리를 제공하고 싶다는 바람으로 《국어시간에 세계단편소설읽기》,《국어시간에 세계시읽기》,《국어시간에 세계희곡읽기》 같은 세계 문학 선집도 엮게 되었습니다. 이 모든 읽을거리가 청소년들의 삶을 더욱 풍성하게 하고, 청소년들의 생각을 더 크고 넓게 해 줄 거라 믿습니다.

'국어시간에 읽기' 시리즈는 학생들에게 읽기의 즐거움을 맛보게 해 준 책입니다. 또한 청소년 문학 시장에 다양한 분야의 책이 나올 수 있도록 마중물 역할을 하였습니다.

'국어시간에 읽기' 시리즈를 통해 학생들이 세상을 이해하고 세상 속으로 한 걸음 나아가기를 기대합니다. 또한 우리 주변의 진솔한 삶의 이야기, 그 속에 숨어 있는 보석 같은 깨달음이 여러분과 함께하기를 바랍니다.

이 책들이 모든 사람에게 오래도록 사랑받기를 바랍니다.

전국국어교사모임

세계를 읽는 창, 여행을 만나다

"세계는 한 권의 책이다. ○○하지 않는 자는 단지 그 책의 한 페이지만을 읽을 뿐이다."

빈칸에 들어갈 낱말은 무엇일까요? 눈치가 빠른 분들은 아시겠죠. 정답은 '여행'입니다. 4세기 때 철학자인 아우구스티누스가 이런 말을 남긴 걸 보면, 사람들은 아주 오랜 옛날부터 세상을 좀 더 알아가는 데 꼭 필요한 것이 여행이라고 생각했나 봅니다.

그런데 예전에 비해 여행지에 대한 정보가 많아지고 누구나 쉽게 여행을 할 수 있게 되면서 새로운 경향이 나타납니다. '어떤 여행을 했는가?'보다 '몇 개국, 어디를 여행했는가?'가 중요해지고, 텔레비전·신문 등 다양한 매체에 소개된 여행지에는 한꺼번에 많은 사람이 몰려들어 몸살을 앓기도 합니다. 여행의 진짜 의미는 점점 퇴색되어 가고, 국어 교과서에서조차 문학 작품과 논리적인 글에 밀려여행글은 점점 설 자리가 없습니다.

그래서 다채롭고 드넓은 세계를 이해하기 위해 읽어 볼 만한 여행글을 통해 여행의 다양한 방식과 의미를 여러분과 함께 고민하고자

합니다.

　이 책은 크게 다섯 부로 구성되어 있습니다. 1부는 여행지에서 접한 자연에 대한 글쓴이의 감상이 도드라지는 여행글, 2부는 여행지의 독특한 문화를 잘 보여 주고 있는 여행글, 3부는 역사의 흔적을 찾아가는 여행글, 4부는 여행에서 만난 소중한 사람들의 이야기가 있는 여행글, 5부는 독특한 여행 방법이 담겨 있어 기존의 여행과는 다른 새로운 여행을 모색하는 데 도움이 되는 여행글로 구성되어 있습니다.

　여행은 내가 나에게 줄 수 있는 가장 좋은 선물입니다. 지금 당장 배낭을 메고 여행을 떠날 수는 없지만 이 책의 다양한 여행글을 통해 여행의 의미를 새롭게 만났으면 좋겠습니다. 그리고 여러분이 직접 여행을 다녀오게 된다면 자신만의 언어로 여행을 정리하기를 권합니다. 한 편의 글을 통해 사진으로는 모두 담아낼 수 없었던 여행의 참맛을 맛볼 수 있을 것입니다.

　마지막으로 좋은 여행글을 소개할 수 있게 허락해 주신 글쓴이들께 고마움을 전합니다. 이 책이 나올 수 있게 도움을 주신 고대부중 최용석 선생님, 김미경 디자이너, 휴머니스트 문성환 팀장, 김수연 디자이너에게 감사드립니다.

김정은, 이선희, 이승헌, 이영미, 정영진

차례

'국어시간에 읽기' 시리즈를 내면서   4

여는 글   6

1부 자연과 하나 되는 여행을 하다

1 지구의 허파 셀바스   지리교육연구회 지평   ... 12
2 가장 신성한 하늘호수, 남쵸   이용한   ... 22
3 투올룸 메도에서 도나휴 패스까지   신영철   ... 32

2부 발걸음에 묻어 있는 문화를 발견하다

1 색에 홀리다, 인도 홀리 축제   최창수   ... 46
2 버스 여행 라라라   고선영   ... 52
3 라오스에 가면 물벼락을 맞으세요   한비야   ... 62

3부 역사, 여행에게 말을 걸다

1 칠순 나이에 부르는 어머니 소리   유홍준   ... 82
2 쿤타킨테도 이곳에 있었을까?   조수영   ... 102
3 멈출 수 없는 낭만적 상상력   김병종   ... 110

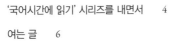

4부 길에서 사람을 만나다

1 불만 여행자, 행복 암 환자를 만나다   문종성   ... 120

2 우리의 가을도 태풍 뒤에 온다   김선미   ... 130

3 머리 냄새 나는 아이   김희경   ... 152

5부 더 넓은 여행을 찾아가다

1 하늘에서 본 경성과 인천   안창남   ... 172

2 언니 원정대와 느릿느릿 히말라야 걷기   진형민   ... 186

3 몬드리안 라인이 춤을 추는 땅   이혜영   ... 202

글쓴이 소개   222

2 가장 신성한 하늘호수, 남쵸

3 투올룸 메도에서 도나휴 패스까지

1부

자연과 하나 되는 여행을 하다

"보이지 않는 남쵸의 본질은 이곳이 하늘과 맞닿은 '하늘호수'라는 것이고, 티베트인의 관념 속에서 가장 신성한 호수로 자리 잡고 있다는 것이다. 그들이 왜 그토록 남쵸를 신성하게 여기고 있는지는 남쵸에 가 보지 않고는 이해할 수가 없다."

✚ 아마존 강 유역 셀바스

1

지구의 허파
셀바스

지리교육연구회 지평

셀바스의 대동맥 아마존강

'셀바(Selva)'는 포르투갈어로 '숲'이란 뜻이고, 셀바의 복수 형태
인 '셀바스(Selvas)'는 아마존 강 유역의 숲 지대를 가리키는 고유
명사다. 기온이 비교적 높고 연중 강수량이 많으면 숲이 우거지
게 되는데, 이런 곳을 영어로는 'rainforest'라고 한다. '우림(雨林)'
이라는 한자어 대신 우리말로 '비숲'이라고 불러 보았다. '비숲'
을 몇 번 되뇌어 보면 그 이름이 참 정감 있게 다가온다. 비숲은
열대에도 있지만, 캐나다의 태평양 연안 등 온대에도 있다.

  비행기가 브라질리아를 지나 북쪽으로 얼마쯤 날자 드디어 구
름 아래로 숲이 보이기 시작했다. 셀바스였다. 어떤 사람이 셀바
스의 모습을 브로콜리 같다고 했는데 꽤 그럴듯한 표현이다. 그
런데 숲 군데군데에 나무가 없는 직사각형의 공간이 보였다. 숲

속에는 이런 곳이 꽤 많았다. 원래는 숲이었으나 개발이라는 이름으로 숲이 제거되고 있는 것이었다. 연기가 피어오르는 곳도 있었는데, 이곳 역시 개발을 위해 숲을 태우고 있는 중이었다.

마나우스 공항에 내린 첫날, 우리는 숙소에 짐을 풀자마자 바로 배를 탔다. 우리를 태운 한국인 소유의 배는 강 상류로 한 시간 이상 거슬러 올라갔다. 숲 속의 호텔과 원주민 마을을 보기 위해서였다.

네그루 강은 지류임에도 바다처럼 넓은 게, 강의 너비와 깊이가 상상을 초월했다. 깊은 곳은 40미터가 넘는데, 황해의 평균 깊이가 46미터라는 것을 생각하면 얼마나 깊은지 알 수 있다. 물결이 거셀 때는 배가 뒤집어지는 일도 흔히 있다고 했다. 아마존 강의 배들은 해도처럼 수심이 자세히 나타난 지도를 쓰고 있었다. 도도히 흐르는 엄청난 물이 우리를 압도하였다.

셀바스에서는 뱃길이 아니면 숲 속으로의 통행이 거의 불가능했다. 마나우스의 아마존 강 본류에는 운동장만 한 배들이 여러 척 떠 있었다. 이번에는 마나우스 하류 쪽으로 검은 강(네그루 강)과 흰 강(솔리몽에스 강)이 만나는 곳까지 갔다가 다시 거슬러 올라와, 네그루 강의 작은 지류들로 들어갔다. 작은 배들이 많이 오고 갔다. 강 위에서 배를 타고 놀고 있는 아이들도 보였다. 배는 그곳 사람들에게 우리나라의 승용차처럼 다양하게 이용되고 있었다.

강가에는 집배들이 있었고, 강가의 뭍에는 나무로 만든 뜰집(집 바닥이 땅에서 떠 있는 집)들이 보였다. 빨래를 하거나 물고기를 잡고 있는 사람들도 보였다. 이곳에서 강은 외부와 연결되는 통로이자 놀이마당이고, 먹을거리를 풍부하게 제공해 주는 토지와 같았다.

나무로 지은 고급 호텔

마나우스에서 네그루 강을 거슬러 올라간 배는 한 시간이 지나 드디어 목적지에 도착했다. 강가의 숲 속에 나무로 만든 호텔이 있었다. 클린턴 미국 대통령을 비롯하여 세계의 유명인들이 그곳을 다녀갔다고 했다.

호텔을 지나 작은 지류로 들어가는 부두로 갔다. 원주민 집이 있는 곳에 가기 위해서였다. 어두워져 가는 숲은 조용했다. 목적지에 도착해 원주민 집을 보았다. 관광객들을 위해 상업적으로 만들어 놓은 것이었다. "원주민들은 이곳에 사는 게 아니라 이곳으로 출퇴근하는 거네?" 하고 누군가 말했다. 어쨌든 우리는 원주민의 얼굴과 몸 형태, 그들의 몸 그림(보디페인팅), 그리고 먹는 음식, 집 구조와 재료 등을 볼 수 있었다.

현재 브라질에서 원주민은 전체 인구의 1퍼센트도 되지 않는다. 브라질의 역사 교과서에는 원주민의 역사가 쓰여 있지 않다고 한다. 브라질의 역사는 유럽인이 도착한 다음부터가 시작인 것이다. 그러므로 브라질의 역사는 500년밖에 되지 않으며, 그전에는 브라질이 없었던 셈이다. 가능하면 역사를 더 오래전으로 끌어올리려는 우리나라나 일본과는 사뭇 다르다. 그러면서도 과거에 원주민을 죽음으로 내몰았던 유럽계 후손들은 이제 관광 소득을 위해 이처럼 원주민의 문화와 사람을 상품화하고 있다.

셀바스의 넓은 지역을 차지하고 있는 아마조나스 주의 주도*는 마나우스 시이다. 인구가 백만 명이 넘는 이 도시는 소득을 올리기 위해 산업 단지를 조성하고 있으나, 또 다른 소득원으로 생태 관광에도 관심이 많은 듯하였다. 마나우스의 시내버스에 포르투갈어로 쓰여 있는 '자연 보전'이라는 말이 인상적이었다.

셀바스의 햄버거화

마나우스 공항에서 나와 시내로 들어가면서 열대의 나무들을 보았다. 우리는 마나우스에서 머무는 3일 동안 셀바스를 좀 더 자세히 보고 싶었다. 그러나 짧은 일정 동안 우리가 갈 수 있는 곳은 제한되어 있었고, 그나마도 상당히 개발된 관광지 주변의 숲이 전부였다.

열대의 숲 속에는 키 큰 교목 사이로 키 작은 관목과 덩굴 식물이 빽빽하게 자라고 있었다. 모기와 같은 곤충 등이 많아 자연 상태로는 도저히 들어갈 수 없었다. 그곳에서는 길이 아니면 통행이 불가능했다. 배에서 내린 다음 가까운 곳까지만 갈 수 있었는데, 그런 경우에도 도시의 고가도로처럼 판자로 길을 만들어 놓은 경우가 많았다. 우리는 배에서 내려 판자로 길을 만들어 놓은 숲 속으로 수백 미터만 들어갔다가 나왔다. 셀바스에서 사진을 찍는 몇 분 동안 모기들이 소리 없이 날아와 어깨와 팔의 피를 빨아 먹었다. 팔이 가려워 비로소 물린 것을 알았고, 숲 속을 뛰다시피 빠져나왔다. 강가로 나와 부풀어 오른 곳을 세어 보니 열 군데나 되었다.

열대 비숲은 생물의 종류가 매우 다양하다. 숲 속은 도란도란 수많은 생명의 목소리와 몸동작으로 가득 차 있다. 숲은 생명의 다른 이름이다. 지구는 긴 시간을 통해 이런 오묘한 생명들을 만들어 왔다. 숲 속에 서 있으면 인간이 얼마나 미약한 존재인지 새삼 느끼게 된다. 인간은 숲 속에 들어가면 작은 모기의 공격에도 너무나 무기력하다.

그러나 조직을 만들고 지식을 쌓아 온 인간들은 문명과 개발이라는 이름으로 자연을 정복하고 싶어 한다. 자연은 인간에게 하얀 속살을 드러낸 채 상처를 입고 너무 쉽게 쓰러진다. 우리는 이번 답사 도중에 거대한 자연이 인간의 문명과 탐욕에 의해 사라지는 것을 여러 번 보았다. 아르헨티나에서 브라질로 이동하는 비행기 안에서도 보았고, 셀바스 상공 위를 날면서도 계속 보았다. 마나우스 시내에서도 멀리 지평선 같은 숲 속에서 연기가 하얗게 피어오르고 있었다.

외국의 한 지리 교과서에 따르면, 비숲은 지표의 6퍼센트에 지나지 않으나 지상의 생물 종 가운데 적어도 50퍼센트는 이곳에 있다. 1945년 이후 세계 비숲의 40퍼센트가 파괴되었으며, 날

• 주도 | 정치, 문화의 중심이 되는 도시.

마다 50종의 식물과 동물이 지구상에서 영원히 사라지고 있다. 열대 비숲 파괴의 원인 가운데 상업적 목재가 차지하는 비율은 20퍼센트에 지나지 않으며, 숲 파괴의 80퍼센트는 도로 건설 등 목재를 운반하는 과정에서 발생한다.

숲은 광합성 작용을 통해 이산화탄소를 산소로 바꾼다. 특히 열대 비숲의 광합성 작용은 뛰어나다. 그래서 셀바스를 '지구의 허파'라고 한다. 이런 작용을 통해 열대 비숲은 온실효과를 조절하는 데 중요한 구실을 한다. 그러나 현재 숲을 태우는 과정에서 한 해에 이산화탄소가 20억 톤씩 배출된다. 석유, 석탄 등 화석연료가 한 해에 56억 톤의 이산화탄소를 배출하는 것에 비하면 그 양은 대단한 것이다. 숲 태우는 시기인 어느 해 9월의 위성 사진에 의하면, 아마존 강 유역의 숲에서 불을 피우고 있는 곳이 8000군데나 되었다.

돈 많은 사람들은 소고기를 수출하기 위해 셀바스의 숲을 없애고 목장을 만들고 있다. 또 정부는 이를 지원해 왔다. 이 고기는 보통 패스트푸드용으로 많이 소비되므로 '아마존 강 숲의 햄버거화'라는 말이 이상하게 들리지 않는다. 보통 초지는 목장 1만 제곱미터에서 소 한 마리밖에 키울 수 없을 정도로 생산성이 낮다. 1만 제곱미터는 학교 운동장보다 더 넓다. 따라서 일정한 수익을 올리려면 대규모의 벌목이 필요하다. 하지만 점점 자라는 풀이 줄어들고, 이에 따라 수익성도 낮아진다. 그래서 목장 주인들은 5년에서 10년 정도 되면 새로운 목장을 위해 다른 숲

+ 파괴된 셀바스

을 태운다. 목장 대신 농경지를 만드는 경우도 마찬가지다.

아마존 개발업자들로부터 셀바스와 셀바스에 사는 사람들을 지키기 위해 싸우는 사람들이 있다. 그 과정에서 여러 사람이 개발업자들이 고용한 사람에 의해 살해되었다. 그중 한 사람이 치코 멘데스이다. 1988년 44세로 총에 맞아 살해될 때까지 그는 미국의 국제개발기금과 법률가들을 여러 번 방문했다. 아마존 강유역 개발과 라텍스를 채집하는 사람들 및 숲 속 원주민들의 숲이용 목적이 일치하기 전에는 아마존 강 유역의 도로 건설 계획에 대한 투자가 더 이상 진행되지 않도록 하기 위해서였다. 그는 살해 위협을 받았지만 끝내 숲을 떠나지 않았고, 결국 개발업자무리에게 살해되었다. 이 개발업자들의 네트워크는 브라질의 대도시, 정부, 미국의 권력과 연결되어 있었다.

그러나 점차 브라질과 세계 각국의 숲 속을 지키려는 사람들의 연대가 힘을 키워 가고 있다. 셀바스 보호 및 브라질 환경과 관련하여 멘데스와 뜻을 같이해 온 사람들이 선거에서 승리하거나 국가적으로 중요한 자리를 차지하게 되었다. 여전히 많은 사람들이 개발 등 여러 가지 이유를 내세우며 셀바스를 없애려고 노력하고 있는 반면, 또 다른 많은 사람들이 셀바스를 지키기 위해 애쓰고 있다.

《지리 교사들, 남미와 만나다》(푸른길, 2005)

⏻ 셀바스

남아메리카 아마존 강 중류 유역에 발달한 열대우림입니다. 연중 고온이며 연 강수량이 1500~4000밀리미터에 달해 1헥타르당 50~100종류의 큰 나무가 자랍니다. 셀바스 지역은 지구 전체 산소량의 4분의 1을 만들어 내기 때문에 '지구의 허파'라고도 불립니다. 그러나 아마존을 횡단하는 도로가 뚫리면서 시작된 열대우림의 파괴는 오늘날에도 계속되어 약 80만 제곱킬로미터의 밀림이 사라졌습니다. 개발 과정에서, 작은 촌락을 이루며 사는 많은 원주민들이 삶의 터전을 잃어 고통을 받기도 합니다.

⚙ 셀바스 지킴이 – 치코 멘데스

치코 멘데스는 세링게이루라 불리는 아마존 밀림의 가난한 고무 채취 노동자입니다. 1960년대 국제 고무 가격이 곤두박질하면서 지주들이 열대우림을 파괴하고 소를 키우기 시작하자 샤푸리 농업 노동조합과 함께 아마존 숲을 지키기 위한 운동을 시작합니다. 치코 멘데스는 '사람과 자연 사이의 조화'라는 기치 아래 아마존 주민들의 시민권을 선언하고 당당하게 일어선 최초의 아마존 시민입니다.

1 열대 비숲이 파괴되는 까닭은 무엇이며, 그 때문에 어떤 문제가
 생겨나게 되었나요?

2 마구잡이로 자연을 개발하는 것이 결국에는 사람들에게 재앙이
 될 것을 알면서도 개발을 멈추지 못하는 까닭은 무엇일까요?

우리는 새로운 곳을 찾기 위해서가 아니라
새로운 시각을 갖기 위해 여행을 떠난다.

— 마르셀 푸르스트

✚ 티베트의 남쵸

2

가장 신성한
하늘호수, 남쵸

이용한

중국의 칭하이와 라싸를 잇는 칭장 공로는 중국이 티베트를 지배하려고 최초로 건설한 포장도로이다. 도로의 고도는 해발 5000미터를 넘나들고, 겨울이면 눈으로 뒤덮여 종종 도로의 기능을 상실하지만, 중국은 이 길을 통해 지금껏 군인들과 이주민을 실어 왔고, 티베트의 자원과 물자를 실어 갔다. 이제 이 임무는 새로 개통한 칭장 철로가 고스란히 물려받게 될 전망이다.

남쵸로 가는 동안 나는 내내 중국을 비난하고 독설을 퍼부었는데,* 공교롭게 내가 탄 차의 운전사는 한족이었다. 내 뒷담화에 골치가 아팠는지, 담슝 마을에 도착한 운전사는 라겐라 언덕으로 가는 다릿목에 갑자기 차를 세웠다. 알고 보니 그는 머리가

---

* 중국이 그들의 지배에서 벗어나 독립 국가를 이루려던 티베트를 무력으로 막았기 때문에.

빠개질 듯 아프다며, 식은땀까지 흘렸다. 그의 증세는 생각보다 심각한 것이어서 어지럼증에 이따금 구역질까지 해 댔다.

고산증*이었다. 결국 참을 수 없는 운전사는 문을 열고 나가 약국을 찾아 나섰다. 잠시 후 그는 가루약과 호랑이 기름을 사 갖고 돌아왔다. 그러고는 가루약을 입안에 털어 넣고, 일행 중 한 명에게 민간 치료를 부탁했다. 고산증을 극복하는 그의 민간 요법은 이런 것이다. 우선 목뒤에서 어깨와 등으로 내려가는 부위를 동전으로 피멍이 맺힐 때까지 긁어내린 뒤, 그 위에 호랑이 기름을 바르는 것이다. 일행은 남쵸에 가려면 어쩔 수 없이 그가 제시한 민간요법을 따라야만 했다. 민간 치료가 끝나자 운전사는 거짓말처럼 나아졌다면서 다시 시동을 걸었다. 담슝 마을에서 남쵸까지는 약 40킬로미터.

해발 4718미터에 자리한 남쵸는 티베트에서 가장 높고 넓은 호수일 뿐만 아니라 가장 신성한 호수로 알려져 있다. 사실 티베트에는 남쵸보다 더 높은 곳에 자리한 호수가 있긴 하지만, 지금까지 티베트인들의 관념 속에서 남쵸는 티베트뿐만 아니라 '세계에서 가장 높은 호수'로 인식되고 있다. 담슝에서 남쵸로 넘어가자면 해발 5190미터 라겐라 언덕을 넘어가야 하는데, 고산에 적응되지 않은 채로 넘을 경우 십중팔구는 고산증에 걸리게 된다. 그 때문에 라싸에 왔던 관광객이 남쵸에 오를 때는 최소한 닷새 정도는 라싸에 머물며 적응 기간을 거친 뒤 남쵸를 오르는게 좋다. 물론 그런 적응 기간을 거쳤더라도 고산증이 오는 경우는 얼마든지 있다. 지금 힘겹게 라겐라 언덕을 올라가는 운전사가 바로 그런 경우이다. 그는 줄곧 중띠엔에서부터 동행하며 라싸에서도 며칠 머물렀으나, 이렇게 고산증에 걸려 고생하고 있는 것이다.

운전사의 증세가 호전된 것 같지는 않아 보이지만, 그는 겨우겨우 비탈진 길을 올라 라겐라 고갯마루에 차를 세웠다. 라겐라 고개는 멀리 남쵸와 호수를 둘러싼 고원의 평야와 산자락을 한눈에 굽어볼 수 있는 곳으로, 남쵸로 넘어가는 사람이라면 반드시 차에서 내려 사진을 찍고 가는 곳이다. 남쵸에서 불어오는 바람 탓인지 라겐라에서는 언제나 칼바람이 분다. 초여름인데도 하늘에서는 진눈깨비가 내리다 그치기를 반복한다. 주변의 산자락은 하나같이 밋밋하고, 나무 한 그루 찾아볼 수 없다. 아예 이곳은 나무가 살 수 없는 생육 환경이다. 그래서 산자락이며 고원의 들판은 온통 잔디를 깔아 놓은 듯 푸른 초원이고, 높은 산봉우리에는 잔설이 희끗희끗 덮여 있다. 물론 해발 5100미터가 넘는 인근 산봉우리는 대부분 만년설로 뒤덮여 있다. 멀리 만년설이 보이고, 희미하게 호수가 보인다.

이렇게 고도가 높은 남쵸와 라겐라 주변에는 꽤 많은 유목민이 흩어져 산다. 이들은 주로 야크와 염소 떼를 데리고 초원을

• 고산증 | 높은 산에 올라갔을 때, 산소 부족과 낮은 기압 때문에 생기는 증세. 속이 메슥거리면서 토하기도 하고, 머리가 아프기도 하고, 소화가 잘 안 되고, 심장이 빨리 뛰기도 함.

떠돌아다니는데, 남쵸 주변의 풍부하고 드넓은 풀밭이 이들에겐 삶의 터전이다. 산 아래 담슝 마을에서는 흙으로 지은 집이 대부분이지만, 이곳은 유목민의 거처답게 야크 가죽으로 만든 천막집이 군데군데 들어서 있다. 이들은 혹독한 겨울이 오면 가축을 데리고 짐을 꾸려 좀 더 낮은 지대로 내려간다. 따라서 유목민에게는 정착민의 흙집이 사실상 필요가 없다. 그러나 티베트에서도 유목민은 조금씩 그 수가 줄어들고 있다. 중국에서 정책적으로 '유목민의 정착민화'를 내세우고 있기 때문이다.

라겐라 고개에는 동냥을 나온 유목민의 아들딸들도 10여 명을 훌쩍 넘는다. 이 아이들은 양 떼를 몰지도, 땔감용 야크 똥을 찾아 헤매지도 않는다. 대신에 어린 양을 가슴에 안고 라겐라 고갯마루에 올라 구걸을 한다. 그런데 이 녀석들의 구걸이 제법 당당하고 집요하다. 관광객들이라면 누구나 이곳에 내려 사진을 찍는다는 것을 아는 녀석들은 관광객들에게 모델을 자처하고, 그 대가로 손을 내민다. 사진 한 장에 1위안. 하지만 나는 사진에 찍힌 아이들에게 돈을 주지 않았다. 대신에 비상식량으로 싣고 온 과자와 초콜릿을 나눠 주었는데, 주고 보니 20위안어치가 넘었다. 계속해서 손을 내미는 아이들을 보고 있자니, 마음이 미어졌다. 무엇이 녀석들을 이 고갯마루로 내몰았는지, 이렇게도 티베트 유목민의 현실이 궁핍한 것인지. 어쨌든 이 아이들이 구걸하지 않고 살 수 있는, 온전한 유목민의 아들딸로 살아가기를 나는 진정으로 빌었다.

✦ 남쵸의 야크 떼

    라겐라 고갯마루를 넘어선 길은 남쵸를 앞에 두고 아득하게
뻗어 있다. 야크 떼와 염소 떼는 느릿느릿 초원을 이동하며 풀을
뜯고, 어떤 유목민은 모닥불을 피워 놓고 차를 마신다. 이들에게
차는 물과 공기처럼 살아가는 데 반드시 필요한 것이다. 이들은
하루 굶을 수는 있어도, 하루도 차를 안 마시고는 못 산다. 유목
민의 터전을 가로지르던 길이 드디어 남쵸를 저만치 두고 에움°
진다. 세상의 가장 높은 곳에서 하늘과 맞닿아 있다고 '하늘호
수'라 불리는 남쵸. 호수의 빛깔도 하늘을 꼭 닮아 있다. 초원을
달려온 길은 이제 남쵸가 코앞인 남쵸 마을에 이르러 끝이 난다.
말로만 듣던 남쵸가 장쾌하게 눈앞에 펼쳐진다.

° 에움 | 가장자리가 깊이 패어 들어간 모습.

티베트인들이 가장 신성하게 여기는 호수답게 남쵸에는 매일같이 수많은 순례자가 찾아온다. 덩달아 하늘호수를 보러 오는 관광객도 해마다 늘어나 이제는 제법 남쵸가 많은 사람들로 붐빈다. 남쵸는 워낙에 넓은 호수인지라 걸어서 한 바퀴 도는 데만도 20여 일이 걸린다고 한다. 그럼에도 남쵸에는 호수를 한 바퀴 도는 코라* 순례자가 적지 않고, 심지어 호수를 한 바퀴 오체투지*로 도는 순례자까지 있다.

남쵸 앞에 자리한 남쵸 마을은 천막촌이다. 이들은 관광객을 상대로 음식을 팔고 잠자리를 내주는 것으로 생계를 꾸려 간다. 그뿐만 아니라 관광객들에게 말이나 야크를 태워 주고 돈을 받는 것도 이들의 주 수입원이다. 호수에 도착하면 남쵸 마을의 마부들이 몰려들어 귀찮을 정도로 호객을 하기 시작한다.

그러나 남쵸 마을에 도착해 나는 먼저 시장기를 달래야 했다. 뚝바(티베트 국수) 한 그릇에 창아모차 한 주전자. 창아모차는 야크 젖에다 발효 덩어리 차를 섞은 차를 말하는데, 찻물에 야크 버터를 저어서 만드는 수유차와 맛이 비슷하다. 티베트에는 야크 버터로만 만드는 뵈차라는 것도 있지만, 대부분은 보이차를 섞어서 마신다. 차마고도 노선을 따라오는 동안, 자주 수유차를 맛본 터라 이제는 제법 티베트 차 맛에 길들여져, 나는 앉은자리에서 열 잔이 넘는 창아모차를 마시고 일어났다. 나를 태우고 온 한족 운전사는 식사도 거른 채 아까부터 차 안에 드러누워 고산증을 달래고 있었다. 호랑이 기름을 바른 그의 민간요법도 고산증 앞에서는 별 효력이 없는 모양이었다.

　남쵸 마을의 마부들은 온갖 수단으로 여행자를 말 위에 태우는 재주가 있다. 나는 포대기를 두른 아이를 안고 호수 앞을 지나는 여인의 모습이 인상적이어서 사진을 몇 컷 찍었는데, 알고 보니 일종의 연출이었다. 그는 마부의 아내였고, 내가 사진을 찍었으니 말을 타야 한다며, 남편을 불러왔다. 속이 뻔히 들여다보이는 상황이었지만, 그 아름다운 동업 정신에 이끌려 기꺼이 나는 10위안을 주고 말 위에 올라탔다. 말을 타고 나는 호수로 내려갔다. 호수에 도착해 신성한 물속에 손을 담그자 얼음물인 양 손이 시렸다. 하긴 남쵸의 물은 인근의 만년설 봉우리가 흘려 보낸 빙하수로 이루어진 것이다. 해발 4718미터에 길이 70킬로미터, 폭 30킬로미터, 수심 약 35미터. 이것이 눈에 보이는 남쵸의 모습이다.

　그러나 보이지 않는 남쵸의 본질은 이곳이 하늘과 맞닿은 '하늘호수'라는 것이고, 티베트인의 관념 속에서 가장 신성한 호수로 자리 잡고 있다는 것이다. 그들이 왜 그토록 남쵸를 신성하게 여기고 있는지는 남쵸에 가 보지 않고는 이해할 수가 없다. 남쵸에 이르러 하늘을 닮은 호수와 호수를 닮은 하늘, 연이어 펼쳐진 만년설 봉우리를 보고 있노라면, 저절로 숨이 턱 막힌다. 아무리

---

* 코라 | 신성하게 여기는 탑이나 장소를 시계 방향으로 돌며 기원을 드리는 종교 의식.
* 오체투지 | 불교에서 예배하는 법의 하나. 두 무릎과 두 팔, 머리를 땅에 대고 하는 절.

봐도 호수의 빛깔은 신비롭기만 하다. 푸른색이 낼 수 있는 모든 종류의 빛깔과 아름다움을 호수는 한꺼번에 품고 있다. 아름답게 빛나는 푸른 보석!

남쵸에서 남쵸 마을을 넘어가면 지도에도 나와 있지 않은 또 다른 호수가 펼쳐진다. 남쵸보다 훨씬 작은 호수로서 물빛은 좀 더 연하고 물결도 순하다. 양쪽 호수를 경계로 높지 않은 언덕이 솟아 있는데, 이곳에 올라서면 양쪽의 호수를 모두 조망할 수 있다. 하지만 남쵸에 도착한 많은 사람은 호수에 이르는 것만으로도 숨이 차서 대부분은 언덕의 멋진 풍광을 놓치고 만다. 남쵸 마을 언덕에 올라 나는 30분 넘게 바위에 걸터앉아 호수만 바라보았다. 호숫가를 따라 코라 의식을 행하는 노인이 지나가지 않았다면, 나는 좀 더 언덕의 평화를 누렸을 것이다. 노인은 쉼 없이 오른손으로 마니차*를 돌리며, 호수를 따라 걸어갔다. 호수의 푸른색과 그가 입은 붉은색 옷이 행복하게 어울리고, 그가 중얼거리는 옴마니반메훔*이 하늘의 소리처럼 그윽한 오후였다.

《하늘에서 가장 가까운 길》(넥서스북스, 2007)

---

* 마니차 | 불교 경전을 넣어 놓은 원통. 티베트 사람들은 마니차를 한 번 돌릴 때마다 경전을 한 번 읽는 것과 같은 효과가 있다고 믿는다.
* 옴마니반메훔 | 우주의 지혜와 자비가 우리 마음에게 퍼진다는 뜻인 티베트 불교의 비밀스러운 어구.

1 남쵸의 모습이 잘 묘사된 부분을 찾아보고, 남쵸의 모습을 상상 해 보세요.

2 티베트 사람들이 '하늘호수'를 신성하게 여기는 까닭은 무엇일까 요?

여행이란 일상에서 영원히 탈출하는 것이 아니다.
좀 더 새로워진 나를 만나는 통로이며, 넓어진 시야와 마인드,
그리고 가득 충전된 에너지를 가지고
일상으로 돌아오게 하는 것이다.
— 아녜스 안

✛ 투올룸 초원길

3

투올룸 메도에서 도나휴 패스까지

신영철

이튿날 우리의 목적지는 도나휴 패스(Donohue Pass, 도나휴 고개)를 넘어 야영하는 것이었다. 이 고개는 우리가 첫 번째로 넘어야 할 난관이다. 화장실을 갔다 오며 김미란이 드디어 엄지와 검지를 동그랗게 말아 우리에게 보인다. 우리는 박수를 쳤고 한참을 웃었다. 김미란의 변비가 해결된 것에 우리가 기뻐하는 것도 웃기지만, 아무리 약속이라지만 숙녀가 그걸 표시하다니. 이제 함께 먹고 자는 가족이 되어 간다는 증거일까?

그렇게 웃고 출발한 투올룸 초원길은 그야말로 천상의 길이었다. 투올룸 강을 끼고 이어지며 초원을 가르는 트레일은 산속 풍경에 익숙한 우리에게 또 다른 선물이었다. 끝없이 이어질 것처럼 초록 풀 가득한 초원에는 맑은 시냇물이 구불거리며 흐르고 있고, 물속에는 송어가 유유자적 헤엄치고 있는 게 들여다보였다. 낚시꾼 몇 명이 얕은 강물에 발을 담그고 서서 낚시를 하고 있다. 마치 영화 〈흐르는 강물처럼〉에서처럼 낚싯줄은 햇살에 반짝이는 포물선을 그리며 강 속으로 빨려 들어가고 있다.

"요세미티보다 경치가 더 좋지? 이 강 이름이 투올룸인데 헤츠헤치 계곡으로 가고 있는 거야. 말 그대로 1급수지. 아주 유명한 계곡이야."

하워드의 말은 하나도 과장되지 않았다. 고요히 흐르는 강물은 어찌나 투명한지 헤엄치는 송어가 하늘을 나는 제트기 같다.

꽃이 만발한 초원을 만나자 약속이나 한 듯 모두 카메라를 꺼내 든다. 하양, 노랑, 빨강, 연분홍으로 피어난 야생화들은 그야말로 천국의 화원이었다. 원래 땅속에 저런 색깔들이 숨어 있는 걸까? 수많은 꽃은 어떻게 자신들의 색깔만 길어 올리는 것일까. 형형색색 꽃이 만발한 초원을 바라보는 것만으로도 피곤이 풀리는 듯하다. 투올룸 메도는 10여 킬로미터까지 이어졌고, 옥빛 맑은 물 색깔은 수시로 바뀌었다. 눈부시게 푸르른 날이고 그렇게 푸른 강물이었다.

"어쩜 물색이 이래요? 내가 그림 그릴 때 즐겨 쓰는 에메랄드그린 색이네요. 가끔 코발트블루로 바뀌기도 하고."

강가 바위에는 마모트 몇 마리가 해바라기를 하고 있다. 눈에 보이는 모든 게 평화롭다. 맘 같아선 이곳에 텐트를 치고 며칠 묵었으면 좋겠다. 김미란이 강을 보며 감탄하는 모습을 지켜보던 하워드가 점잖게 질문을 했다.

"화가시니까 묻는데, 동양화와 서양화의 차이는 뭡니까?"

"자연이 다른 차이겠죠."

"화투와 포커의 차이라는 말인가요?"

"그럴 수도 있겠네요."

이걸 질문이라고 하는 인간이나 대답하는 사람이나 닮은꼴이다. 두 사람의 대화를 듣다가 내가 나서 하워드에게 수작을 걸었다.

"좀 쉬었다 가자. 경치도 좋고 꽤 걸었잖아. 죽기 살기로 걸으러 온 것도 아니니까."

"안 돼! 도나휴 패스 넘기가 장난이 아니야. 계속 가야 해. 해 떨어지기 전엔 고개를 넘어가야 하니까."

김미란에게는 예술에 대한 부드러운 대화를 나누던 하워드는 내 말에는 더없이 차갑게 반대했다.

"하워드, 우리가 텐트가 없냐, 식량이 없냐? 늦으면 여기서 자면 되지."

"안 된다면 안 돼. 오늘 갈 길이 멀어. 그렇게 내키는 대로 쉬다 가는 한 달이 넘어도 휘트니 산 그림자도 못 봐. 목표를 정했으면 도착해야지."

재촉을 받고 엉거주춤 따라나서기는 했지만 좀 야속했다. 산다는 건 끊임없이 발을 놀려야 하는 일이다. 마치 자전거를 타는 것처럼. 쉬면 넘어지고 무너지는 게 자전거 아닌가. 이처럼 원하든 원하지 않든 끊임없이 페달을 밟는 것이 인생길. 하지만 우리는 그러한 날들을 잊고 마음의 평화를 찾아 떠나온 것이 아닌가.

여기까지 와서도 매일매일 쫓기듯 바쁘게 움직여야 하다니! 그렇지만 그런 투덜거림은 속으로 삼킬 뿐 입 밖으로 꺼내지는 못했다. 그래 봐야 하워드의 고집을 꺾지는 못할 테니.

결국 행복한 초원길도 끝나고 오후 들어 힘겨운 오르막이 시작되었다. 도나휴 패스를 넘어 야영하기로 했기에 조금 부담이 되었다. 잔잔하게 흐르는 강가를 떠나 고도를 올리는 길은 지그재그로 끝없이 이어졌다. 수목한계선을 지났는지 나무들도 없다. 밑에서 볼 때 막연하게 보이던 하얀 눈이 나타난다. 그리고 전혀 있을 것 같지 않은 호수가 또 나타난다. 높은 바위산에 잔설이 군데군데 남아 있었다. 산정에 겨우내 쌓인 눈이 녹아 초원을 가로지르는 냇물이 되는 것이다. 눈 녹은 물이 산 아래 커다란 호수를 만들고 그 물이 다시 아래로 흐르면서 푸른 초원을 형성한다. 그리고 유유자적 흐르는 물이 급경사를 만나면 그대로 폭포가 된다. 바윗길은 무척 힘은 들었지만 바라볼수록 환상적인 풍경이다. 바위가 겹겹 쌓여 있어 눈으로 대중해서는 도저히 길이 없을 것 같았지만 트레일은 교묘하게 이어져 있었다.

자주 쉬어 가며 고개 정상에 도착했다. 도나휴 패스는 3900미터가 넘는 높이였다. 뒤에 처진 일행들은 보이지도 않는다. 차가운 바람이 불었다. 투올룸 메도의 생기 넘치고 아름다웠던 풍경은 어디 가고 주변은 온통 쓸쓸하고 황량한 풍경이다. 고갯마루엔 '안셀 애덤스 윌더니스(Ansel Adams Wilderness)'라는 팻말이 서 있다. 사진작가로 유명한 안셀 애덤스의 이름을 딴 지역이었다.

+ 도나휴 고개

이제 요세미티 구역을 벗어나 황야의 땅으로 들어선다는 말이다. 바람을 피해 일행을 기다릴 겸 바위틈에 쭈그려 앉았다. 혹성처럼 초록이라고는 찾을 수 없는 황량한 주변이 낯설다.

드디어 일행들이 올라왔다. 배낭을 벗으며 하워드가 끔찍한 이야기를 한다. 서부 개척 시대 당시 이 눈 덮인 고개를 지나다 조난당한 사람들이 죽은 동료의 시체를 먹었다는 기록이 있다는 것이다. 앞으로도 고개 넘는 일이 제일 힘든 여정이라고 겁을 준다. 존 뮤어 트레일에는 아홉 개의 높은 패스(pass), 즉 고개가 있다. 이제 처음이니까 아직 여덟 개 남았다.

고갯마루를 지나자 반대편 산 아래 풍경이 보였는데 그곳 역시 반짝이는 호수가 무수히 박혀 있다. 당연히 울창한 숲도 있다. 일행은 모두 지쳐 보인다. 고개에서 내려서며 처음 만나는 개울가에서 야영을 하기로 했다. 그림처럼 소리 죽여 흐르는 물을 만나 하루를 접는다.

세수를 하는데 물이 제법 차다. 그리고 어디서 나타났는지 모기들이 엄청 몰려든다. 이 트레일의 천국을 경험하려면 모기와의 싸움은 피할 수 없다는 하워드의 말이 맞는 것 같다. 그러나 막영지로서는 최상의 장소였다. 우리는 모기를 피해 모기장 텐트 안에서 식사를 했다. 산속에서 해는 빨리 지고, 모기는 기온이 내려가면 거짓말처럼 자취를 감추었다. 나는 충실한 대원답게 모닥불 장작을 많이 해 왔다. 식사를 마친 우리는 모닥불 곁으로 나와 곰통을 의자 삼아 빙 둘러앉았다.

금세 날이 어두워지고 무수한 별이 돋아나기 시작했다. 하늘 끝자락엔 아직 햇살이 남아 있다. 낮도 아니고 밤도 아닌 어스름의 시간. 이런 시간엔 세상의 모든 사물이 그윽하고 친숙하게 보인다. 이윽고 어둠의 장막이 온 세상을 감쌌을 때, 나는 별 사이에 머물며 중력과 무중력 사이에 떠 있는 기분이 들었다. 신비롭고 이상한 경험이었다. 도나휴 패스에는 아직 달이 뜨지 않았다. 그럼에도 세계는 고혹적인 별빛으로 훤했다. 바람은 끊임없이 밀리고 있었다. 바람결에 부르지 않아도 들리는 소리가 있는 듯했다. 그게 무슨 소리였을까. 혹 산이 내 영혼을 불러내려는 소리는 아니었을까. 그런 생각이 들게 만든 것은 밤하늘에 펼쳐진 별빛이었다. 촘촘히 박힌 별과 은하수가 얼굴 가까이 내려온 탓이다. 고요와 어둠 속에서 모두 말이 없다. 나는 철학자라도 된 듯싶었고, 다른 사람들은 깊은 명상에 빠진 은둔자가 된 것 같았다.

어느 순간, 건너편 산 위로 달이 둥실 떠올랐고 순식간에 세상은 달이 뿌린 은빛으로 가득 찼다. 날카로운 산정은 달빛으로 충만했다. 헤드램프 없이도 사물을 분간할 수 있을 정도였다. 산속 가득 자연이 만든 교향악이 시작되고 있었다. 성큼 내려와 무언가를 들려주던 별빛을 저만치 물려 버린 달빛이 사위에 출렁였다. 더 이상 견딜 수 없어진 나는 자리를 박차고 일어섰다.

"왜 그래?"

안온한 침묵과 모닥불을 즐기던 하워드가 놀라 물었다.

"도저히 못 참겠다. 옷이라도 홀딱 벗고 춤이라도 추고 싶다. 누가 있어 하늘에 저리 휘황한 등불을 걸어 놓았을까? 이런 밤에 그냥 잘 수는 없는 거야. 그건 자연에 대한 모독이다."

나는 곰통을 열어 술을 한 병 꺼냈다. 어제 투올룸 스테이션에서 보급한 유일한 술이었다. 아니나 다를까, 하워드는 술을 마시려는 내 핑계에 속지 않았다.

"그건 내일 먹기로 한 것 아냐?"

하워드가 말렸지만 그 말이 귀에 들어오지 않았다. 순전히 달빛 때문이다. 모두에게 한잔 권하고 나도 마셨다. 내가 달이 되고 달이 내가 되어 마신 것이니, 달이 그 병을 비운 게다. 술 탓일까. 서늘한 달빛은 일렁이며 바람을 연주하는 음악이 되더니

너울너울 춤추는 무희도 되었다. 적막한 세상도 이렇게 아름답다는 각성의 시간이었다.

"아름다운 밤이로군요."

하워드가 건네는 술잔을 받으며 김미란이 말했다. 이런 가공되지 않은 자연 속, 적당한 기온 속에 모닥불이 활활 타오르니 그런 생각이 들었던 모양이다. 그러자 모닥불 곁에 앉아 있던 이겸이 김미란의 말을 이어 가듯 입을 열었다.

"제가 왜 이 여행에 따라나섰는지 아세요?"

나는 말없이 그를 바라볼 뿐 별다른 대답은 하지 않았다. 이겸 역시 특별한 답을 원한 것은 아닌 듯 고개도 들지 않고 말을 이었다.

"재작년에 촬영을 하느라 미국에 왔었어요. 세도나 지역으로 가기 위해 직접 차를 몰았죠. 아내까지 데리고 말이에요. 그간 일에 묶여 고생만 한 아내에게 휴가를 주고 싶다는 생각에 동행한 것이었는데……."

그 말을 듣자 문득 떠오른 생각이 있었다. 작년 그가 심각한 교통사고를 당했던 일이 기억난 것이다. 이번 여행에서 그를 처음 만난 하워드와 김미란은 모르는 일이었다.

"해외에서 하는 운전이라 조심하면서 가고 있는데, 갑자기 옆에서 달리던 차가 내 앞으로 끼어들었어요. 정말 눈 깜빡할 새였어요. 나중에 경찰의 말을 들어 보니 음주 운전이더군요."

나도 모르게 혀를 쯧쯧 찼다. 하워드와 김미란도 무거운 분위기를 의식한 듯 아무 말도 없이 고개만 끄덕일 뿐이었다.

"우리 차는 중앙 분리대를 들이받고 전복됐어요. 친한 누님이 우리와 동행했는데 그 자리에서 숨을 거두었어요. 그 정도로 심각한 사고였지요. 나와 아내도 크게 다쳤고요."

이겸은 목이 마른지 손에 든 잔을 기울여 목을 축였다. 그의 손에 난 커다란 상흔이 새삼스레 눈에 띄었다. 우리는 그를 다그치지 않고 조용히 기다렸다.

"사고를 전후로 내 삶은 많이 달라졌어요. 누구나 큰일을 겪고 나면 보지 못했던 것을 보게 된다고 하잖아요. 저 역시 예전에는 그저 내 일, 내가 좋아하는 것이 제일 중요하고 다른 건 신경 쓰지 못했어요. 하지만 이제는 인생에 더 중요한 것이 있다는 걸 깨달았죠. 다른 사람과 내가 보이지 않는 끈으로 연결돼 있다는 것도 알게 되고요."

그 말에 생각나는 것이 있었다. 이겸의 초대를 받고 그의 사진전에 갔는데, 그가 쿠바를 여행하며 찍은 사진을 볼 수 있는 자리였다. 이겸은 당시 '밝은 벗'이라는 아동 후원 단체를 만들어 회원들에게 무료로 사진을 가르쳐 주고 있었고, 사진전을 통해 얻는 수익금은 볼리비아 어린이들을 돕는 데 사용했다.

"워낙 큰 사고였기에 몸도 마음도 치유되는 데 오래 걸렸어요. 바로 옆에서 웃고 있던 소중한 사람을 순식간에 잃었다는 것도 큰 충격이었고요. 하지만 다시 시작하고 싶었어요. 과속으로 달리던 내 인생이 속도를 못 이기고 넘어진 것인지도 모르죠. 그렇다면 이제는 새롭게 달리고 싶어요. 예전처럼 마냥 앞만 보고 빨리 달리는 대신 주변의 아름다운 풍경도 보면서요."

　말을 마친 이겸이 일어섰다. 모닥불은 어느새 완전히 사그라졌다. 우리가 비운 빈 병을 통과하는 바람 소리가 웅웅 뱃고동 소리를 내고 있었다.

　텐트로 돌아가며 바라본 하늘은 차갑고 어두웠다. 하지만 밤하늘을 가득 채운 별빛은 부드러웠다. 넘어진 곳에서 다시 일어서고 싶다는 이겸의 아련하면서도 아름다운 말이 우리를 따뜻하게 만든 것일까.

《걷는 자의 꿈, 존 뮤어 트레일》 (은행나무, 2009)

⏻ 존 뮤어 트레일

스페인의 산티아고 순례길, 캐나다의 웨스트코스트 트레일과 함께 세계 3대 걷기 길로 꼽히는 이 길은 세계적인 자연보호 운동가 '존 뮤어'의 이름을 따서 지었다고 합니다. 미국의 요세미티 산맥에서 시작해 휘트니 봉까지 358킬로미터의 산길을 걷는 동안 요세미티 국립공원과 킹즈캐넌 국립공원, 세콰이어 국립공원을 비롯한 때 묻지 않은 계곡과 습지, 강, 호수를 즐길 수 있습니다. 존 뮤어 트레일은 자연을 보전하기 위하여 1년에 600명에게만 입산 허가를 내주고 있습니다.

1 이겸 씨가 이 여행에 따라온 까닭은 무엇인가요?

2 도나휴 패스에서 밤하늘의 아름다운 모습에 마음을 빼앗긴 일행 처럼, 여러분도 자연의 아름다움을 느꼈던 적이 있다면 그때 경 험과 느낌을 생각해 보세요.

당신이 어디를 가든, 그곳은 당신의 일부가 된다.

– 아니타 드사이

2 버스 여행 라라라

3 라오스에 가면 돌벼락을 맞으세요

1 색에 홀리다, 인도 홀리 축제

2부

발걸음에 묻어 있는 문화를 발견하다

"나중에 안 일이지만 손목에 실을 묶어 건강과 행운을 비는 이 바시 의식은 정초뿐 아니라 결혼이나 새로 아이가 태어났을 때. 큰 병에서 완쾌되었을 때 등 인생의 중요한 순간마다 행해지는 라오스의 대표적 전통 의식이라고 한다."

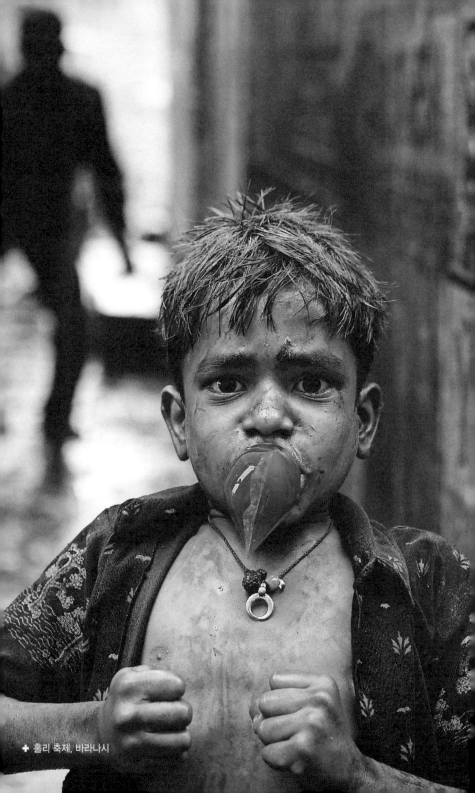

✚ 홀리 축제, 바라나시

1

색에 홀리다, 인도 홀리 축제

최창수

색의 축제 홀리. 봄을 맞이하여 벌이는 인도에서도 가장 요란스런 축제다. 사실 네팔을 도망치듯 빠져나와 바라나시˚로 직행한 것은 바로 홀리 때문이었다. 그렇다고 내가 뭐 홀리에 대해 대단한 지식이나 감상을 가지고 있었던 건 아니다. 순전히 스티브 맥커리˚의 사진 한 장이 나를 이날 이곳으로 이끌었을 뿐. 온몸에 붉은 물감을 뒤집어쓴 채 새하얀 눈알을 번뜩이는 사내아이의 사진. 나도 한번 그런 사진을 찍어 보자던 것이다. 하지만 바라나

• 바라나시 | 인도 우타르프라데시 주에 있는 도시. 갠지스 강 연안에 위치하고 있으며 힌두교의 일곱 개 성지 가운데 으뜸으로 꼽힌다.

• 스티브 맥커리 | 《내셔널 지오그래픽》(1985) 표지의 아프가니스탄 난민 소녀의 사진으로 단번에 세계적인 사진 거장의 반열에 올랐다. 세계보도사진가협회인 '매그넘' 회원으로 활동하고 있다.

시를 방문한 여행자에게는 이미 주의 경고가 단단히 떨어졌다.

'홀리 당일 오전에는 숙소 밖으로 나가지 말 것.'

모든 게스트하우스는 아예 대문을 굳게 잠가 버렸다. 하지만 난 그런 경고 따위는 가뿐히, 아니 큰맘 먹고 무시하기로 결정을 내렸다.

축제날 아침. 어른 아이 할 것 없이 뭔가 심한 장난을 치느라 시끌벅적하는 소리를 듣고 잠에서 깼다. 시계를 보니 9시. 예상대로라면 그 말로만 듣던 색의 축제가 한창일 시각이다. 우선 팬티 바람으로 베란다에 나가 돌아가는 상황을 살폈다. 바깥 풍경은 상상했던 것보다 훨씬 재미나 보였지만 또 한편으론 심각해 보였다. 한동안 맑던 하늘은 얼굴을 잔뜩 찌푸린 채 보슬비를 뿌려 대고, 사람들은 옥상, 발코니에 올라앉아 밑으로 지나가는 사람들에게 그야말로 물감 세례를 퍼붓고 있었다. 길거리는 각종 쓰레기, 똥, 빗물, 그리고 형형색색의 물감들이 온통 뒤섞여 한 폭의 추상화를 연상시켰고, 그 그림 속에 있는 사람들은 하나같이 염색장에 사는 생쥐 꼴이었다.

'지금 밖으로 나가면 나도 한 마리의 생쥐가 될 것이 뻔한데.'

방으로 들어오면서 잠시 고민에 빠졌다. 그러나 번뜩 스친 생각.

'더욱 치열하고 도전적인 여행을 할 것!'

당장 검은색 티셔츠에 수영복 바지, 카메라를 보호하기 위한 잠바를 걸치고 숙소를 나섰다. 물론 숙소 주인장의 만류를 뿌리치고 말이다. 골목길에 들어서자마자 인도 사람들이 '그래 너 한

번 잘 나왔다.'라는 얼굴로 다가오기 시작한다. 이미 여기저기에
서는 방향을 가늠하기 힘든 물감 풍선들이 날아와 내 따귀와 뒤
통수를 때렸고, 상당량의 물감이 머리 위에 통째로 떨어졌다.

'내 몸은 스머프가 되어도 좋다. 카메라만 살려 다오.'

나의 이런 순진한 소망은 꼬마들의 인정머리 없는 물감 사격
에 여지없이 짓밟히고 말았다. 그래도 난 좋았다. 너무 신났다.
물감을 잔뜩 뒤집어쓴 카메라를 셔츠로 쉴 새 없이 닦아 가며 이
유별나고 신명나는 축제를 열심히 사진기에 담았다. 찍은 사진
이 어떻게 나왔는지 LCD로 확인할 겨를도 없었다. 그랬다가는
가뜩이나 사격 솜씨 좋은 아이들 앞에서 고정된 표적이 되기 십
상이었다. 끊임없이 움직이며, 그리고 끊임없이 물감을 뒤집어
쓰며 골목골목을 마구 헤집고 다녔다. 카메라를 들고 온몸은 단
풍 무지개가 된 채 골목을 활보하는 동양 청년의 모습이 인도인
들에겐 무척 재미가 있었던지 만나는 사람마다 유쾌한 웃음을
터뜨려 줬다. 사실 인도에 온 지 고작 일주일밖에 안 되는 기간
동안 얼마나 그들에게 실망하고 화를 내고 짜증을 많이 부렸던
가. 그런 모든 아쉬움이 화려한 물감에 뒤덮여 즐거운 추억으로
변해 버린 지 오래였다.

내게 아낌없이 물감 풍선을 던져 준 아이들. 너무 얼굴이 깨끗
하다며 검은 손바닥을 볼에 비벼 준 아저씨. 초록색 가루를 온몸
에 뿌려 준 아이들. 제발 그것만은 하지 말아 달라는 간곡한 부
탁을 단호히 무시하고 아이 두 명은 들어가서 목욕할 수 있는 대

야 속 물감을 쏟아 준 아이들. 내 모습을 보고 축제가 정말 즐겁지 않으냐며 엄지를 치켜든 경찰 아저씨들. 마지막으로 "해피 홀리!"라며 물감에 절은 손으로 악수를 청해 왔던 아이들에게 모두 고맙다고 전해 주고 싶다. 그리고 그동안 너무 짜증 내서 미안하다고도 말이다.

그래, 난 어디까지나 당신들의 생활 방해꾼에 불과한 이기적인 여행객일 뿐이다.

《지구별 사진관》(북하우스, 2011)

⏻ 홀리 축제

'홀리 축제'는 겨울이 끝난 것을 축하하는 축제입니다. 악한 감정을 떨쳐 내고 한 해의 복을 기원하는 의미로, 이웃들에게 온갖 색깔의 물감과 가루를 던지는 색의 축제로 힌두력으로 12월 마지막 보름달이 뜨는 날(대략 2~3월경)부터 이틀 동안 행해집니다. 이틀간의 축제 가운데, 첫째 날은 '홀리까 다한(Holika Dahan, 작은 홀리)'이라고 합니다. 이날 밤에는 불을 피워서 지푸라기 인형을 태우는 것이 관습인데, 악마의 딸 홀리까가 아버지의 지시에 따라 남동생 쁘랄라드(Prahlada)를 불에 태워 죽이려다가 자신이 타 죽은 것에서 비롯된 풍습입니다. '홀리까'라는 이름에서 '홀리 축제'가 유래한 것이죠. 따뜻한 봄이 추운 겨울을 누르는 것은 선이 악을 누르는 것을 뜻한다고 합니다. 둘째 날은 색색가지 가루를 뿌리고 서로 발라 주거나 물을 뿌립니다. 색색가지 가루를 서로 발라 주는 것은 크리슈나(Krishna)와 라다(Radha)의 사랑에서 비롯된 것이라고 합니다. 비슈누 신의 화신으로 태어난 크리슈나는 목동이었는데, 소녀 라다와 사랑하는 사이였습니다. 크리슈나가 어머니에게 "왜 내 피부색은 검나요?"라고 하소연하자 어머니는 물감을 얼굴에 칠해 피부색을 보지 못하도록 했다고 합니다. 그래서 원래 목동들 사이의 축제였으며, 색색가지 가루를 바르게 되었다고 합니다.

1 글쓴이가 온몸이 물감으로 젖을 것을 알면서도 축제가 한창인 거
  리로 나간 까닭은 무엇인가요? 또 글쓴이는 인도 사람들과 축제
  를 즐기며 어떤 생각을 했을까요?

2 우리나라에서 봄꽃 축제가 열리는 곳과 먹거리 축제가 열리는 곳
  을 찾아보세요.

익숙한 삶에서 벗어나 현지인들과 만나는 여행은
생각의 근육을 단련하는 비법이다.
– 이노우에 히로유키

✚ 하회마을 전경

2

버스 여행
라라라

고선영

지난밤 하회마을 감나무집 할머니가 얼마나 뜨끈히 구들장에 불을 놓았는지, 눈을 뜨니 이마에 땀이 송골송골 맺혀 있었다. 본래 시골 마을의 아침은 닭이 홰를 쳐 대는 새벽부터 시작되는지라, 부산스레 마당을 오가는 주인집 내외의 발걸음에 자연스레 눈이 떠졌다. 얼추 여섯 시쯤 됐는가 싶다. 김 선생은 하회마을을 에둘러 흐르는 강변 자락에 피어오른 물안개를 찍겠다며 주섬주섬 사진기를 들고 나갔고, 나는 마당에 서서 요리조리 몸을 비틀며 간만에 맨손 체조를 즐기고 있었다. 간밤에 찾아온 손님을 위해 정성스레 아침상을 차리고 있는 할머니의 부엌에서는 고등어 지지는 냄새가 솔솔 풍겨 나왔다. 이놈의 위장은 어째 이리 눈치가 없는지, 일어난 지 얼마나 됐다고 꼬르륵이다. 그때 벌써 동네 한 바퀴 마실을 다녀온 할아버지가 민박집 대문을 밀치며 들어오신다.

"잘 쉬셨는가? 이리 한번 나와 보시게. 내 보여 줄 것이 있으니."

풍산 류씨의 후손인 감나무집 주인 류전하 할아버지의 뒤를 쫓아 나갔더니 초가지붕 아래 매달린 제비집을 가리키신다. 자세히 들여다보니 동전 크기만 한 까만 머리가 들락날락거린다. 하나, 둘, 셋, 넷, 모두 네 마리다. 알을 깨고 나온 지 한 열흘쯤 됐다는데, 제법 앙팡지게 쩍쩍거리며 머리를 냈다 넣었다 움직여 대는 모습이 퍽 귀엽다. 어미 새가 먹이를 물고 나타나면 둥지 안은 꽤나 부산스러워진다. 손톱만 한 부리를 쫙쫙 벌리며 서로 제 입에 넣어 달라 난리다. 할아버지께서 도시에선 좀처럼 보기 힘든 풍경이라며 잘 보고 가라신다. 하긴, 나고 자라며 서울 밖을 벗어나 본 적이 없는지라 산 제비를 이렇게 가까이서 보게 되니 여간 신기한 게 아니다.

찬찬히 하회마을 담길을 따라 산책을 다녀오니 할머니가 툇마루에 아침상을 봐 놓으셨다. 기름기 좌르르 흐르는 큼직한 간고등어 한 마리에 멀겋게 끓인 된장국과 몇 가지 반찬이 올라 있다. 간이 딱 맞는 고등어 뚝뚝 떼다가 밥 한 그릇을 뚝딱 해치운 다음, 할머니를 따라 장에 나가기로 했다.

마을 안 보건소 옆 승차장에서 동춘여객 46번 버스가 출발한다. 전날 고속버스를 타고 안동터미널에 내린 뒤 하회마을로 들어온 것도 바로 이 버스를 타고였다. 안동 시내에서 하회마을로 오는 버스는 46번 하나뿐인데, 마을 입구에서 내리는 것과 마을 안까지 들어오는 것 두 종류다. 마을 안까지 오가는 버스는 같은 46번 버스인데도 시설이 좀 더 고급스럽다. 고속버스를 시내버스로 바꿔 만든 모양이다.

아침 9시 50분에 시내 방향 버스를 타면 중간에 풍산읍에서 내릴 수 있다. 20분 남짓한 짧은 시간이지만 버스는 하회마을을 거쳐 네댓 개의 작은 마을을 지나며 여러 가지 풍경을 보여 준다. 연잎 덮인 초록 연못을 지나 점점 무성해지는 논을 지나면, 오래된 정미소도 보이고 하회탈이 웃고 있는 담벼락도 보인다. 양철 지붕 이발소며 포도 넝쿨 우거진 가겟집 앞 정자도 지나고, 낡은 교회와 소담한 한옥집 지붕도 거친다. 소박하고 정겨운 시골 마을 풍경에 마음이 흡족하다.

버스에 탔던 하회마을 주민 대부분이 내리는 곳이 풍산 읍내 농협 앞이다. 이곳에서 3, 8일에 5일장인 풍산장이 열린단다. 꽤나 이른 시간인데도 장은 이미 들썩이고 있었다. 장터 입구의 도장장이 아저씨가 일찌감치 들어온 주문을 나무 도장에 새기고 있고, 만두, 찐빵, 도넛을 파는 장사꾼은 보글보글 끓는 기름에 연신 반죽거리를 넣었다 뺐다 한다. 시장 초입의 '중앙다방'은 이날 오픈했나 보다. 조화로 만든 소박한 2단짜리 화환 열 몇 개가 죽 늘어섰는데, 어디어디 방앗간, 어디어디 철물점집 이름이 쓰여 있고, 경쟁 업소로 보이는 '신신다방'에서도 화환을 보냈다.

한적한 시골에 서는 장이지만 규모가 꽤 크고 없는 게 없다.

✚ 풍산장

생선이며 건어물, 채소, 과일은 물론이고 옷과 철물, 잡화 좌판도 가득이다. 트럭에 실린 닭들도 닭장 안에 갇혀 꼬꼬 울어 댄다. 오리 새끼 한 무리에, 토끼 장수도 있고 강아지 장수도 있다.

갑자기 '펑' 하는 소리가 나 놀라서 돌아보니 뻥튀기 기계다. 튀밥 장수 이재화 씨는 풍산장의 명물이다. 53년째 안동과 인근 도시의 장을 돌며 튀밥 장수를 했단다. 이미 단골도 많은지라 집집마다 가져온 옥수수며 보리, 쌀을 그의 깡통에 부어 놓고 줄을 세운 게 열 개도 넘는다. 깡통 하나에 '뉴슈가' 한 자밤°을 넣고 불 피운 기계 안으로 밀어 넣어 뱅글뱅글 돌린다. '펑' 소리 한 번에 그는 3000원을 버는데, 5분, 10분 간격으로 쉴 새 없이 뻥뻥 터지니 보기엔 안동 최고의 부자가 아닐까 싶다.

"식전엔 거의 오꼬시* 손님이더니 지금은 강냉이랑 콩 손님이네."

입담은 또 얼마나 좋은지, 폭죽처럼 터지는 튀밥 기계 소리를 양념 삼아 듣는 그의 구성진 이야기도 재미나다.

한쪽에서는 할아버지들의 장기판 '혈투'가 벌어졌다. 튀밥 장수에게 얻은 강냉이 한 줌을 오물오물거리며 감나무집 할머니 뒤를 졸졸 따라다녔다. 할머니는 민박집 손님을 위해 꽤 많은 양의 물건을 샀다.

46번 버스는 병산서원에도 간다. 하회마을에서 오전 11시 10분, 오후 4시, 총 두 번 버스가 간다. 병산서원은 오늘의 하회마을을 있게 한 서애 류성룡 선생의 제자들이 선생과 그의 셋째 아들 류진의 위패를 모시고 공부를 하기 위해 만든 곳이다. 건축미 또한 대단하다는 평가를 받는다. 그런데 병산서원 가는 길이 만만찮다. 서원으로 찾아 들어가는 길이 비포장 흙길이라 버스는 엄청난 흙먼지를 일으키며 뒤뚱뒤뚱 산길을 오른다. 나중에 들은 얘기지만, 주민들이 포장을 원치 않는단다. 도로를 잘 만들어 놓으면 그만큼 찾는 관광객이 많아져 유적이 훼손되고 주민들의 삶에 영향을 끼치게 될 게 분명하기 때문이다. 게다가 서원은 애초에 공부하는 기관으로 세워진 것이기에 조용해야 한다는

• 자밤 | 나물이나 양념 따위를 세는 단위. 한 자밤은 손가락 끝으로 집을 만한 분량을 이른다.
• 오꼬시 | '밥풀과자'의 일본식 말.

것이 이곳 사람들의 생각이다.

병산서원에 들어선 순간, 나 같은 사람은 이곳에 들어앉아 공부하긴 애초에 글렀다는 생각이 든다. 경치가 너무나도 멋지다. 하회마을을 에두른 낙동강 물결이 서원 앞으로도 흐른다. 강 건너편의 날 선 병산(屏山)과 어우러지는 풍경 또한 그림이다. 물과 산을 마주한 정문을 지나 높고 넓은 '만대루'라는 이름의 정자 위에 올라앉으면 비로소 작품이 완성되는데, 한눈에 담을 수 없어 더욱 가혹하게 느껴지는 그런 풍경이다. 유홍준 선생이 그의 책을 통해 이곳을 극찬해 마지않은 이유를 비로소 알겠다.

정자를 찾은 사람들이 둥글게 모여 앉아 문화해설사의 이야기를 들었는데, 그 자리에 서원을 지키는 류시석 씨가 우연히 끼어 있었다. 해설사는 서애 선생의 후손인 류씨를 소개하며 서원의 달밤 이야기를 해 달라고 부탁했다.

"병산에는 달이 두 번 뜨지요. 서쪽에서 뜬 달은 병산의 동쪽 자락을 따라 이동하는데, 중간 즈음의 높은 산봉우리에 잠시 가려졌다 다시 뜨거든요. 달이 잠시 사라졌다 다시 나타나니 두 번 뜨는 거랑 매한가지지요."

사람들의 입에서 작은 탄성이 흘러나온다. 산이 높은 건지 달이 낮은 건지, 병산 자락에 닿을락 말락 바람 따라 흐르는 달의 모습이 얼마나 멋질까 상상해 본다. 얼마 전부터 병산서원의 살림집이라 할 수 있는 '주소(廚所)'에서 민박을 할 수 있게 됐다는

✛ 병산서원

데, 언제고 꼭 한번 들러 류씨가 말하는 이곳 달밤을 마음에 담
아 보겠노라 다짐한다.

　부용대에 올라 하회마을을 내려다보기도 하고 수백 년 된 마
을 돌담길을 따라 고택 구경도 했다. 하회마을을 지키는 600년
수령의 삼신당 신목 느티나무 금줄에 경건한 마음으로 소원을
담은 쪽지도 걸었다. 마을 안 번남 고택에 들러 그 집 주인 아들
솜씨라는 옹기며 그림 구경도 하고, 바람 잘 부는 마루에 앉아
고택 뒤뜰에서 직접 재배했다는 향 좋은 국화차도 한잔했다. 그
리고 저녁에는 마을 아낙들이 최고라고 손꼽는 감나무집 할머니
의 찜닭으로 푸짐한 식사도 했다.

초가집, 기와집 위에도 달이 뜨고 개밥바라기*를 시작으로 촘촘히 박힌 별들이 나타났다. 민박집 할아버지는 별 구경하라고 일찌감치 마당의 불을 꺼 주셨고 밤은 더없이 아늑히 마을을 감싸 안는다. 사립문을 활짝 열어 놓고는 평상에 팔을 베고 누워 별을 본다. 그리운 시절행(行) 버스를 타고 마음속 새로운 여행을 시작할 시간이다.

《소도시 여행의 로망》(시공사, 2010)

* 개밥바라기 | 저녁 무렵 서쪽 하늘에 보이는 '금성'을 이르는 말.

(Ⅰ) 하회마을

경북 안동에 있는 풍산 류씨의 씨족 마을로, 조선 초기부터 대를 이어 살아온 곳입니다. 1984년 중요 민속자료로 지정되었으며, 민속 전통과 건축물이 잘 보존되어 있습니다. 이곳에는 양진당, 충효당, 하동 고택, 북촌택 같은 양반 가옥과 서민집이 어우러져 있으며, 조선 초기부터 후기에 이르는 다양한 주거 양식을 볼 수 있습니다. 그 밖에도 무형문화재 '하회별신굿탈놀이'와 '선유 불꽃놀이', 국보 '징비록'과 '하회탈'이 있습니다. '하회별신굿탈놀이' 공연과 전시물 관람이 가능하며, 여러 가지 전통 체험도 할 수 있습니다. 1999년 영국 여왕 엘리자베스 2세가 이곳을 찾아 더욱 유명해졌고, 2010년 8월에는 '한국의 역사마을'로 세계문화유산으로 등재되었습니다.

1 글쓴이가 하루 동안 다닌 곳을 떠올려 보고, 그곳에서 누구를 만났으며 무엇을 느꼈는지 정리해 보세요.

다닌 곳	만난 사람	느낀 점
풍산읍	마을 주민	소박하고 정겨움
풍산장	튀밥 장수 이재화 씨	재미있음
병산서원	류시석 씨	멋짐

2 하회마을에는 전통가옥을 숙박 체험이 가능하도록 개조한 집들이 있습니다. 이에 대해 만족하는 사람들이 있는 반면, 전통문화가 훼손될까 걱정하는 사람들도 있습니다. 어떻게 하면 이 문제를 해결할 수 있을지 생각해 보세요.

정처 없이 여행을 해 보라. 늘 아는 길만 다니는 것은 안전하기는 해도 지루하다. 모르는 길을 헤매면서 새로운 것을 많이 배운다.

– 박광철

루앙프라방

3

라오스에 가면
물벼락을 맞으세요

한비야

꽃과 사람의 향기 가득한 루앙프라방

인도차이나 여행을 하면서 꼭 시기를 맞춰 가 보아야 할 곳이 몇 군데 있는데, 그중 하나가 4월 중순의 라오스다. 이 나라 최대의 축제인 새해맞이 물 축제 때문이다.

'피 마이(새로운 해).'

라오스에서는 물 축제를 이렇게 부른다. 전국적으로 일주일 이상 계속되는 이 축제에는 가족들과 친척, 친구뿐 아니라 처음 보는 사람들에게까지 지난해의 묵은 것들을 씻어 버리고 새해를 깨끗이 맞자는 뜻으로 물벼락을 안긴다.

물벼락 축제가 가장 화려하고도 성대하게 치러지는 곳이 바로 라오스의 왕국 란상의 600년 도읍지였던 루앙프라방이다. 그래서 라오스의 신년 연휴가 시작되는 날 루앙프라방을 향해 떠났다.

비엔티안에서 루앙프라방까지 가는 길은 가끔씩 산적이 나타나는 위험 지역이라는 소문이 배낭여행자들 사이에 무성했다. 버스를 타고 가던 외국인들이 몇 명이나 살인강도를 당했다는 거다.

그러나 그런 소문에 일일이 신경 쓰다가는 어떻게 오지 여행을 하나. 소문은 대부분 과장되기 마련일뿐더러 정말 위험하다면 현지인들도 안 다닐 테니 차가 다니는 한은 아직 괜찮다고 믿어야지.

나는 정식 버스도 아닌 밀가루를 싣고 가는 트럭 뒤 칸을 공짜로 빌려 타고 가면서도 별다른 위험을 느끼지 못했다. 간간이 산언덕 초소에 긴 총을 든 군인들이 지키고 있는 걸 보면서 산적들이 나타난다는 게 거짓 소문은 아닌 것 같았다.

그런데도 나는 태평스럽게 그 길을 지나가고 있으니, 내가 원래 위험 불감증인지 아니면 뭘 몰라서 위험스러운 길을 얼떨결에 지나고 있는 건지 모르겠다.

라오스는 오래전부터 '란상'이라고 불렸는데, '백만 마리 코끼리의 땅'이라는 뜻이란다. 이 나라 사람들은 '라오'라고 부르는데, 이곳을 지배했던 프랑스 사람들이 자기네 식으로 '스'라는 어미를 붙여 '라오스'가 되었다고 한다. 국가 공식 명칭은 '라오인민민주주의공화국', 사회주의 국가다.

베트남, 중국, 미얀마, 캄보디아, 타이와 국경을 이루고 있는 라오스는 근대에 와서 정치적으로 베트남의 영향을 크게 받았지만 전통적으로는 일상생활 속속들이 타이의 영향이 강하게 배어 있다. 민족도 타이족의 한 종파인 라오족이 반 이상을 차지한다.

라오의 말과 글이 타이 사투리라고 생각될 만큼 타이와 비슷할 뿐 아니라, 같은 남방 불교권이어서 그런지 정신세계도 비슷하다. 그러니 타이 문화가 유입되는 것은 자연스러운 일이라고 해야 할 것이다.

게다가 요즘은 경제적으로 훨씬 앞선 타이의 서구식 대중문화가 깊숙이 파고 들어와서 노래와 춤, 영화 등이 타이 것 그대로다. 라오스의 어린이들은 어떤 것이 타이 것이고 라오스 것인지조차 분간하지 못한다고 매스컴에서 우려의 목소리가 높다.

경제적으로도 타이의 입김이 세다. 라오스에서는 타이 돈인 '바트'를 더욱 안정된 돈으로 여기며 선호한다. 그러면서도 한편으로는 타이의 경제적 침략에 두려움을 갖고 있다.

라오스의 밀림 벌채권을 가진 타이 사람들은 거대한 원목을 베어 타이로, 중국으로, 베트남으로 수출하고 있다. 그러나 지금 가는 루앙프라방은 머리부터 발끝까지 지극히 라오스적인 곳이라고 한다.

루앙프라방의 첫인상은 몸집이 자그마한 시골 부잣집 셋째 딸 같다. 귀엽고도 아담한 규모지만 넉넉하며 순진하고 그러면서도 발랄하다는 느낌. 도시라고 해야 인구 고작 1만 6000명. 도시 이쪽 끝에서 저쪽 끝까지 천천히 걸어도 30분이면 갈 수 있다.

그래도 600년 도읍지답게 서쪽으로는 넓은 메콩 강이 흐르고, 도시 중심에는 푸시 산이 우뚝 솟아 풍수지리상으로도 매우 좋은 모양새다. 그 안에 란상 왕국의 여러 왕들이 앞 다퉈 세운 왕궁과 수십 개의 사원들이 붉은색과 황금색의 조화를 이루며 현란함을 뽐낸다.

도시 가운데에 있는 시장은 새해 특수 때문인지 활기 넘치고, 밝은 주황색 가사를 입은 스님들이 돌아다니며 도시를 밝게 만든다. 지나다니는 현지인들이나 여기저기 기웃거리는 관광객들의 표정도 환하고 느긋해 보인다. 게다가 온 도시에는 이름 모를 하얀 꽃이 한껏 피어 싱그러운 향내를 뿜어낸다. 모든 게 마음에 쏙 든다. 시간만 있으면 오래 머물고 싶은 곳이다.

나는 이곳에서 억울하게 또 한 살을 먹어 올 한 해에 세 살을 한꺼번에 먹었다. 지난 1월 1일 인천에서 중국 톈진(天津)으로 가는 배 안에서 떡국을 먹었으니 한 살, 베트남 북부에서 음력설을 쇠면서 또 한 살, 그리고 라오스에서 또다시 정월 초하루를 맞아 한 살을 먹었다.

축제의 공식 행사는 정월 초하루가 되기 사흘 전부터 시작된다. 사람들은 이미 일주일 전부터 집 안팎을 깨끗이 치우고 불상을 닦으면서 축제를 기다리다가, 사흘 전이 되면 메콩 강 건너편 강둑에서 모래 탑 쌓기를 하는 것으로 새해 행사를 시작한다.

"행사에 참가하려거든 반드시 물총을 휴대해야 해요."

메콩 강가에 있는 비라데사 게스트하우스에서 만난 두 명의 일본인과 보트를 타고 강을 건너가려 하자 숙소 매니저가 친절하게 일러준다. 우리는 가까운 시장에 가서 기관총식으로 된 물총을 한 자루에 3달러나 주고 샀다.

강을 건너가자 이미 많은 사람들이 모래 탑을 쌓느라 여념이 없다. 가족끼리 혹은 친구끼리 모래로 탑신을 만들고, 계단을 만들어 붙이고, 조그만 불상을 앉힌다. 그런 다음 준비해 간 울긋불긋한 신년 축하 깃발과 꽃을 꽂아 모래 탑을 완성한다.

아이들과 젊은이들은 장난 반 놀이 반 희희낙락하며 탑을 쌓지만 나이 든 어른들은 불심을 모아 온갖 정성을 기울이고 있다. 크고 작은 모래 탑들이 각각 다른 모양으로 강가에 즐비하게 늘어서 있는 게 여간 장관이 아니다. 우리도 한편에서 조그마한 불탑을 만들며 여행이 무사하기를 빌었다.

사람들이 많이 모이는 곳이면 어디나 그렇듯 과일, 음료수, 과자 등을 파는 장수들이 신년 대목을 맞아 신이 났고, 모래 탑 쌓기에 참여하지 않은 젊은이들은 아는 사람, 모르는 사람 가리지 않고 메콩 강물을 퍼다 끼얹으며 '사바이디 피마이(신년 축하)'를 외친다. 우리도 덩달아 신이 났다.

우리는 그날 최신식 물기관총으로 무장을 했음에도 몇 차례씩 물세례를 받아 옷과 배낭에서 물이 뚝뚝 떨어질 정도로 흥건하게 젖어 버렸다. 그러나 이것은 오프닝 게임에 불과했다.

물총 든 외인부대 대장 한비야

다음 날 오후에는 굉장한 물세례 격전이 벌어졌다. 그날은 미스 루앙프라방 퍼레이드 행사가 있는데, 여러 명의 미인들이 도시 끝에 있는 사원에서 이곳 최대의 사원인 시엥통 사원까지 시가 행진을 하는 거다.

행렬의 맨 앞에는 오렌지색 가사를 두른 수십 명의 스님들이 맨발로 걸어가고, 그 뒤에 귀신을 쫓는다는 사자탈과 악사들이 따른다. 그다음에는 전통 의상을 입은 수십 명의 미인들이 꽃을 들고 따르고, 이윽고 마차를 탄 미스 루앙프라방이 나타난다. 전 시민들이 이 가마의 뒤를 따라 행진하면서 서로 거침없이 물을 뿌려 댄다.

손에 조그만 물바가지를 든 어린아이부터 아예 호스를 꺼내 놓고 기다렸다가 물벼락을 안기는 아저씨들까지 온 도시 사람들이 물세례 격전에 끼어든다. 우리도 외국인 관광객이라고 봐주기는커녕 오히려 집중 공격 대상이 되기 일쑤다.

나는 그날 어쩔 수 없이 다국적 연합군 외인부대 대장이 되었다. 중국에서도 만났던 한국 배낭족인 부산 아가씨 정은아 양, 독일인 둘, 이탈리아인, 노르웨이인 각각 하나, 그리고 일본인 둘까지 모두 여덟 명이 만든 부대.

물세례 격전에서 살아남으려면 아무래도 지휘 체계가 확립되어야 하므로 대장이 필요한데, 모두 나를 쳐다보는 바람에 '자의 반 타의 반'으로 캡틴이 되었다. 우리 외인부대는 수적으로 절대

열세인 데다 무기도 빈약해 전략과 사기가 중요했다.

"최선의 방어가 최선의 공격이라는 것 잘 알겠지? 이건 세계적인 군사 전략가인 손자의 작전이야."

알아듣거나 말거나 이렇게 명령을 내리고 현지인들의 물총이 우리를 향하기 전에 먼저 우리가 일제히 물을 뿜어 댔다. 그러나 역부족. 이날은 이 도시에 살고 있는 사람들이 모두 거리로 쏟아져 나왔고, 외국인 관광객에게 물을 뿌려 주는 걸 최상의 축복이라고 생각해 우리에게 풍족하게 물세례를 안긴다.

집집마다 길에 호스를 끌어내 놓거나 아예 대형 물탱크에 물을 가득 받아 놓고 길 가는 사람들이 마음대로 쓰게 한다. 그러니 사람들은 남녀노소, 내국인 외국인 가리지 않고 서로에게 마음껏 물을 쏟아 붓는다.

우리 외인부대는 특히 꼬마들의 좋은 표적. 꼬마들은 대여섯 명씩 몰려다니며 우리 중 하나를 표적 삼아 집중 공격한다. 길가에 서 있던 여자아이들은 소꿉장난 같은 바가지로 양동이에서 물을 퍼 들고서 우리가 지나가면 등 뒤에서 높고 명랑한 목소리로 '사바이디 피마이'라고 외치며 물을 끼얹는다.

그보다 좀 나이가 든 틴에이저들은 물 대신 베이비파우더를 가지고 다니며 얼굴이고 머리고 마구 뿌려 댄다. 아줌마 아저씨들은 양재기에 물을 담아 들고 걷다가 우리를 만나면 컵으로 조금씩 떠서 부드럽게 뿌려 준다.

"사바이디 피마이!"

✛ 피 마이를 즐기는 젊은 스님들

　이날 이 말은 이 나라 최대의 축복어(祝福語)다. 우리도 똑같은
말로 응수하며 부드럽게 물총을 쏘면 "콥차이(고마워요)." 하며 환
하게 웃는다. 더러 장난기가 있는 아저씨들은 얼음이 둥둥 떠 있
는 아주 차가운 물을 등에다 붓곤 하는데, 그럴 때면 말 그대로
등골이 서늘하다.

　심지어 사원 근처에서는 젊은 스님들이 '비겁하게' 골목에 숨
어 있다가 갑자기 나타나서 물을 뿌리기도 한다. 날씨가 무진장
덥고 해가 쨍쨍 내리쬐기 때문에 시원하게 쏟아지는 물벼락이
고맙기만 하다.

　집중 공격, 앞으로 돌격, 정면 돌파, 작전상 후퇴, 패장 영입.

나는 여러 가지 전술을 '신출귀몰하게' 구사하며 점차 군세를 불려 나갔다. 처음에는 우리와 격전을 벌이던 동네 꼬마들이 나중에는 우리 부대에 투항해 다른 꼬마 도전자들을 격퇴하는 최전선에 용감무쌍하게 나선다. 아, 어디서나 빛나는 한국인의 지휘력이여!

다음 날 도시는 너무나 조용하다. 어제의 소란스러움이 도무지 믿어지지 않을 정도다. 내일 또다시 한바탕 떠들썩한 축제가 있다고 하니 이날은 이를테면 중간 휴식일인가 보다.

연이틀간 하도 엄청난 물세례를 받았던 터라 이날만은 물벼락을 좀 피하고 싶어서, 동네 꼬마들이 숨어 있음 직한 골목을 피해 사원 구경을 나섰다. 사원 안은 안전할 것 같기도 하고 이렇게 쉬는 날이 아니면 이 도시를 찬찬히 볼 기회가 없을 것 같아서 '물 조심' 하며 돌아다녔다.

어느 사원에 들어가 법당 구경을 하고 잠깐 계단에 앉아 쉬고 있으려니 어느 틈에 10대 소년 스님이 커다란 은그릇에 물을 가득 담아 들고 나타난다.

'이크, 저 꼬마 스님이 또 내게 물을 뿌리려고 그러는구나.'

혼자 놀라서 소리를 지르며 자리를 박차고 일어서려니까, 그 스님은 황급히 손을 저으며 그릇을 건네주더니 의자 위에 올라가 나무로 만든 물꼬에 물을 부으라는 시늉을 한다. 시키는 대로 하자 놀랍게도 그 물은 물꼬를 타고 내려가 그 아래에 있는 부처님 머리 위로 떨어지는 게 아닌가.

자세히 보니 그 부처님은 손가락을 다 붙인 채 손바닥을 몸 쪽으로 한 '비를 부르는 부처님'이다. 그 머리 위로 물이 떨어지는 게 마치 비가 쏟아지는 것 같다.

생전 처음 보는 광경이 신기해서 한참 쳐다보고 있으려니 절에서 놀던 꼬마 아이들이 너도 나도 물을 떠다가 자꾸 붓는다. 부처님 머리 위에는 계속 비가 쏟아진다.

대웅전 안에서는 젊은 스님들이 정성스레 불상을 닦고 있었다. 내가 그 앞을 왔다 갔다 하자 그 가운데 나이가 좀 든 스님이 내게 들어오라고 손짓을 한다. 스님은 커다란 나무 상자 앞으로 나를 데리고 갔다.

여러 칸으로 나뉜 상자에는 칸마다 종이가 들어 있다. 무엇인가 하고 들여다보았더니 신년 운수 점 같다. 통 안에 든 대나무를 흔들어 번호가 나오면 그 번호에 해당하는 신년 운수 표를 뽑아 주는 거다.

나도 점괘가 나오긴 했는데, 모두 라오스 글로 되어 있으니 알 수가 있나. 눈 뜬 장님일 수밖에. 스님이 읽어 보시더니 웃으며 "피마이 디라이(신년에 아주 좋아요)." 한다. 좋다고 믿으면 좋은 거겠지.

4월 16일, 드디어 라오스의 새해 아침이 밝았다. 사람들은 전통 의상을 입고 제일 먼저 집집마다 모셔 놓은 불상을 밖으로 꺼내 꽃잎을 띄운 물을 뿌리고 깨끗하게 닦는다. 그러고 나서 소원 성취와 행운을 비는 '바시'라는 새해 의식을 치른다.

나는 또 너무나 운이 좋게도 정월 초하루 전통 가족 행사인 바시에 초대받았다. 사흘 전날 강둑에서 모래 탑 쌓기 축제가 있을 때, 다섯 명의 한 가족이 화기애애, 굉장히 멋진 모래 탑을 만들고 있어서 사진을 찍어도 되느냐고 물었던 게 인연이 되었다.

그들을 시가행진에서 다시 만나게 되어 반가운 마음에 세 번째 사진을 찍었는데, 새해 전날 출입국관리국에 갔다가 그 집 아버지를 또 만난 거다. 영어를 조금 할 줄 아는 아버지 젠피엥 씨는 출입국관리국 경찰인데, 나와 몇 마디 얘기를 나누다가 기꺼이 자기 집 정초 손님으로 초대해 주었다.

새해 아침 8시, 비상 사교 생활용으로 한 벌 가지고 다니는 긴 고동색 원피스를 차려입고 그 집에 도착하니 부인과 두 딸이 마당까지 뛰어 내려와 맞아 준다. 부인 잔티와 두 딸 상니엠락, 막달론은 아주 고운 라오스 전통 의상을 입고 있다.

한쪽 어깨가 드러나는 딱 붙는 윗도리에 긴 치마, 가슴을 가로지르는 휘장이 너무 예쁘다. 화려한 꽃무늬나 기하학적 무늬가 있는 비단 종류로 만든 옷인데, 의상을 차려입는 긴 과정이 처음 보는 사람에게는 큰 구경거리다.

열여덟 살 난 큰딸은 동그란 얼굴이 가수 심수봉을 꼭 빼다 박았다. 그녀는 무명실 한 타래를 20센티미터 정도로 잘라 대나무에 엮는 일을 하고 있었다. 열다섯 살짜리 작은딸은 바나나 잎으로 여러 겹의 원통형 탑 같은 걸 만들고, 라오스 전국에 피어 있는 하얀 꽃을 작은 바나나 잎으로 곱게 싸서 사이사이에 꽂고 있었다. 모두 바시 의식에 쓰일 제물이란다.

그 집 엄마는 연신 손님은 오셨는데 아직 준비가 덜 되어 미안하다면서 닭고기를 삶고 과자를 예쁜 모양으로 접시에 올리느라고 분주하고, 막내인 사내 녀석은 집 안을 쓸고 닦느라 바쁘다.

준비가 거의 끝나 가자 젠피엥 씨가 나이 드신 친척 어른을 오토바이로 모셔 왔다. 이분이 바로 이 집의 신년 의식을 주도하실 분이다. 그 사이에 동네 아줌마 아저씨들도 몇 분 오신다. 인자하게 생기신 친척 어른이 어깨를 가로지르는 하얀 휘장을 두르시면서 의식이 시작된다.

상 위에는 작은딸이 정성스럽게 만든 바나나 잎 탑이 중앙에 놓이고, 거기에 큰딸이 만든 무명실이 주렁주렁 걸린 대나무가 꽂힌다. 그 양옆에 삶은 통닭이 한 마리씩 놓이고 찰밥이 작은 대나무 찬합에 담겨진다. 쌀과자들도 접시에 올려지고.

젠피엥 씨는 내게도 하얀 휘장을 둘러 주면서 상 앞에 앉으라고 한다. 나도 다른 여자들처럼 양다리를 포개 옆으로 놓는 '인어공주 포즈'로 폼을 잡고 앉는다. 내가 중앙에 앉았으니 이 의식의 주인공이 된 셈이다. 여행 많이 다니다 보니 귀중한 남의 집 신년 행사에 주인공 노릇도 다 해 본다.

친척 어른은 바나나 탑 중간에 꽂은 촛불에 불을 붙이고 행운을 비는 주문을 외운다. 주문 사이사이에 '까올리 까올리'라는 말이 자주 들리는 걸로 보아 내 얘기를 하는 게 틀림없는데, 동네 사람들과 이 집 가족들이 즐거운 듯 킬킬대며 나를 쳐다본다.

한참 주문을 외운 어른은 이 집 가족들과 나를 보고 상 끄트머리를 잡으라는 시늉을 하더니 '사바이디 피마이' 하면서 대나무가지에 걸려 있는 실을 풀어 내 양손에 묶어 준다. 그 뒤를 이어동네 아줌마, 아저씨, 할머니 들도 돌아가며 내 양손에 실을 묶는다. 젠피엥 씨와 부인도 내 손에 실을 묶는다. 물론 아이들에게도 똑같이 해 준다.

실 묶는 일이 끝나니, 어른은 내게 '파코완'이라고 부르는 상위의 바나나 탑을 건네주며 뭐라고 축복을 하는 것 같다. 그러고는 삶은 닭 한 조각을 손수 뜯어 주며 먹으라는 시늉을 한다. 내가 한입 베어 무니 사람들이 모두 '와아!' 환성을 지른다. 이것으로 바시 의식이 끝났다.

✛ 바시 의식

그러고는 상에 놓여 있던 찰밥과 닭고기를 골고루 나누어 먹으면서 서로 웃으며 말을 하는 것이 새해 덕담을 나누는 게 분명하다. 아침인데도 그 악명 높은 라오스 화주(火酒) 라우라오가 몇 차례씩 돌아간다. 아침도 먹지 않은 빈속에 알코올 농도 40도가 넘는 술을 권하는 대로 받아 마시자니 배 속에서 불이 나고 얼굴이 덴 듯 화끈거린다.

"바시 프로텍트 유. 트래블 뽀 빼냥(바시가 당신을 지켜 줄 거예요. 여행은 문제없어요)."

젠피엥 씨는 내 사정을 아는지 모르는지 자꾸 술을 권하며 영어와 라오스어를 섞어 덕담을 건넨다. 그 선한 얼굴이 활짝 웃고 있어서 건네는 술을 사양하기가 어렵다. 너무나 큰 친절에 감읍해서 우리나라 부처님 그림이 담겨진 그림엽서를 내놓으며 나도 한마디를 한다.

"까올리 부다 프로텍트 유. 피마이 뽀 빼냥(한국 부처님이 보호해 주실 거예요. 새해에는 문제없어요)."

내 행동에 부부는 손뼉을 치면서 엽서를 당장 집 안의 불당 옆에 걸어 놓는다.

나중에 안 일이지만 손목에 실을 묶어 건강과 행운을 비는 이 바시 의식은 정초뿐 아니라 결혼이나 새로 아이가 태어났을 때, 큰 병에서 완쾌되었을 때 등 인생의 중요한 순간마다 행해지는 라오스의 대표적 전통 의식이라고 한다.

바시 의식을 하면서 손에 무명 끈을 묶으면 크완이라는 서른

두 명의 보호 신이 몸에 있는 서른두 곳의 주요 기관을 보호해 준다는 거다. 그러니 긴 여행에서 건강이 가장 큰 재산인 내게는 너무나 값진 의식인 셈이다. 모든 게 끝나고 떠나려 하자 젠피엥 씨가 은근히 말을 꺼낸다.

"비야 씨가 일주일만 우리 집에서 나와 함께 지내 주면 내 영어가 무척 늘 텐데, 그렇게 해 줄 수 있을까요?"

한순간 나도 정말 그렇게 하고 싶었다. 그러나 라오스 비자가 일주일밖에 남지 않았으니 여기서 그 시간을 다 보내기는 어렵다.

"미안해요, 아저씨. 비자가 얼마 안 남았네요. 그 대신 루앙프라방을 떠나는 날까지 매일 놀러 와서 아저씨와 얘기를 나눌게요."

젠피엥 씨는 너무나 좋아했고 나는 가는 날까지 매일 그 집에 들러 열과 성을 다한 무료 영어 과외를 해 주었다.

정월 초하루가 지났는데도 루앙프라방의 신년 축제는 끝없이 계속된다. 정초 다음 날은 시내 중심가에 있는 마이 사원에서 행사가 있었다. 전통 의상을 차려입은 도시 사람들이 꽃과 깨끗한 물을 들고 몰려들어 비를 부르는 부처님 상 앞에 물을 끼얹으며 꽃과 양초를 바친다. 법당 안의 부처님 상에도 물을 끼얹으며 복을 비는 의식을 행한다.

현란한 전통 의상을 곱게 차려입고 꽃을 들고 차례를 기다리며 서 있는 여자들은 손에 든 꽃보다 더 아름답고 진한 향내를 풍긴다.

신년을 맞는 한 주일 내내 도시 어디에선가는 행사가 벌어진다. 거기에 전 시민이 한마음으로 참여해 마음껏 즐기는데, 거친 듯하면서도 절대 지나치지 않게 즐기며 흥겨워하는 사람들에게 정이 듬뿍 든다. 수백 년 대를 이어 내려오는 축제는 그들을 하나로 단단하게 묶어 주는 힘이 된다.

이 축제가 앞으로도 수백 년간 지금과 같은 모습과 분위기로 고스란히 전해져 내려갔으면 좋겠다는 생각을 해 본다.

《바람의 딸 걸어서 지구 세 바퀴 반 3》(푸른숲, 2007)

⏻ 바시 의식

라오스 사람들에게 중요한 행사 가운데 하나가 바시 의식입니다. 라오스 사람들은 이 의식을 '쑤콴'이라고 부릅니다. '바시'는 '쑤콴'을 높여서 부르는 말입니다. 라오스에서 바시 의식은 관혼상제를 비롯해 삶의 중요한 변화가 생길 때 행해집니다. 그리고 생일, 군대 입영과 제대, 아플 때 치러지기도 하고요. 이 의식에는 탑 모양으로 만든 화환과 음식물이 필요합니다. 주관자가 '캄썽콴'이라는 주문을 읊는 동안 참여한 사람들은 몸이나 옷자락에 손끝을 대서 서로를 연결합니다. 바시 의식에서 가장 중요한 부분은 여러 가지 색이 섞인 실을 축복의 말과 함께 서로서로 묶어 주는 것입니다. 묶은 실은 자연적으로 풀릴 때까지 놓아두거나 최소한 3일이 지난 후에 풀고, 실은 깨끗한 장소에서 태웁니다. 바시 의식의 마지막은 '방'이라고 하는 선물 증정입니다. 선물은 초, 꽃, 돈 등을 흰 수건이나 나뭇잎으로 말아 싼 것입니다. 의식을 주관하는 승려나 집안의 어른에게 올리는 것으로, 빌어주는 복을 가져온다는 의미로 선물을 건넵니다. 라오스에서 바시 의식은 축복과 안녕에 대한 기원 이외에 개인과 공동체 간의 조화와 균형을 회복하는 데에 도움을 주고 있습니다.

1 타이(태국) 문화가 라오스에 유입되는 원인은 무엇인가요? 그로
  인해 라오스에서 발생되는 문화적 · 경제적 문제는 어떤 것인가
  요?

2 여러분이 바시 의식에 참여한다고 했을 때, 마음속으로 빌고 싶
  은 소원은 무엇인가요?

여행의 묘미는 완벽한 지도 덕분에 매사가 계획대로
되는 데 있는 것이 아니라, 거친 약도 때문에 길을 잃고 헤매
는 동안 생기는 뜻밖의 만남에 있다고 믿는다.
                                                    – 한비야

2 쿤타킨테도 이곳에 있었을까?

3 멈출 수 없는 낭만적 상상력

1 칠순 나이에 부르는 어머니 소리

3부

역사, 여행에게 말을 걸다

"아랍의 술탄은 동아프리카에서 원주민을 잡아다 잔지바르 노예시장으로 끌고 왔고, 유럽의 상인에게 팔았다. 잔지바르는 향료와 노예를 노린 유럽 상인들의 아프리카 전초 기지였고, 술탄은 이를 통해 막대한 부를 축적했다."

✛ 현대 금강호 첫 출항

1

칠순 나이에 부르는
어머니 소리

– 현대 금강호 첫 출항 동선기

유홍준

금강산은 통일산, 동해항은 통일항

금강산 관광선의 역사적 첫 출항을 기다리는 동해시 곳곳에는
"금강산은 통일산, 동해항은 통일항"이라는 표어가 붙어 있었다.
그리고 현대 금강호의 첫 출항은 북녘 하늘, 북녘 땅에 갈 수 있
는 날만을 기다려 온 '실향민의 배'였다. 50년 만의 금강행이란
단순한 관광이 아니라 분단으로 인해 넘어갈 수 없던 땅에 내딛
는 첫 걸음이라는 엄청난 역사적 의미를 담고 있으며, 그것을 몸
으로 실감케 하는 것은 실향민의 마음이었다. 첫 출항의 승객을
보면 실제로 취재, 글, 그림, 사업 정보 차 온 승객을 제외하면 대
부분이 실향민이었고, 모든 이의 관심 또한 금강산 못지않게 실
향민들에게 있었다.

그래서 승선부터 이들을 취재하는 기자들의 물음과 이에 대답

하는 실향민들의 이북 사투리가 곳곳에 가득했다. 나도 그 속에 끼여 있었다. 승객들은 누구나 이름표를 목에 걸고 있었는데, 이름표에는 사진과 함께 이름, 생년월일, 직장, 직위, 주소 등이 씌어 있었다.

객실에 짐을 풀고 나서 탑승객들의 표정이나 살피고자 갑판으로 나왔다가 난간에 몸을 가만히 기댄 채 무언가를 회상하고 있는 듯한 칠순은 되어 보이는 건장한 노인과 눈인사를 나누게 되었다. 노인과 나는 인사와 동시에 서로의 이름표를 읽으면서 자연스레 상대방이 누구인지 확인할 수 있었다. 후덕한 인상을 갖고 있는 이 노인은 1928년생, 강원도 횡성에 사는 화성운수 대표 김택기 씨였다. 노인께서 먼저 말을 걸어 왔다.

"유 교수이시군요. 신문에 연재하는 북한 답사기 잘 읽고 있습니다."

"감사합니다. 고향이 그쪽이세요?"

"온정리가 내 고향이랍니다."

"아! 그러세요. 저는 지난번 방북 때 온정리 금강산려관에 닷새간 묵었답니다. 온정리 어디께세요?"

"금강산 온천 다리 너머 바로 오른쪽인데, 그 집이 아직 있을는지……."

나는 그 다리 너머엔 민가가 하나도 없음을 알고 있었다. 그러나 차마 이 사실을 그 자리에서 미리 알려 드릴 수 없었다.

+ 금강호에 승선한 여행객들

실향민을 실은 배

고적대의 팡파르와 함께 오색 풍선이 하늘을 덮고 현대 금강호는 역사적 출항을 알리는 긴 뱃고동 소리와 함께 서서히 동해항을 빠져나갔다. 얼마 안 돼 선내 방송이 반(班)별로 식사 시간을 알려 주었다. 식사 뒤에는 춤과 노래와 재담으로 엮어진 쇼를 구경하기도 하면서 승객들의 선상 생활은 시작됐다.

밤이 깊어지자 선내는 이내 조용해졌고 갑판에 매서운 늦가을 바닷바람이 몰아치고 있었지만 누구나 쉽게 잠들 생각이 없는 것 같았다. 밤 열한 시에 제공된 야식 코너에 많은 사람들이 나왔고 일없이 서성이는 승객, 갑판과 연회장을 분주히 오가는 승객, 술판에 길게 둘러앉은 승객, 이를 취재하는 기자들로 금강호의 밤은 여전히 대낮 같았다. 멀리서는 해양경찰청 소속 제민호(濟民號)가 우리의 안전을 지켜 주기 위해 계속 호위하고 있었으며, 먼 바다에 이르렀을 때는 무수한 갈매기가 영문도 모른 채 현대 금강호를 계속 따라오고 있었다.

나는 갈매기 떼가 행여 길이나 잃지 않을까 하는 공연한 걱정거리가 생겼다. 천지공사를 알 턱 없는 갈매기가 금강산 여객선을 고깃배인 줄 알고 따라붙었다가 나중에 지치면 혹시 돌아갈 힘조차 잃는 게 아닌가 하는 생각이 든 것이다. 나는 이 궁금증을 못 이겨 기어이 승무원을 찾아 저 갈매기가 저러다 어떻게 될 것 같으냐고 물으니, 그는 잠시 당황하는 빛을 보이다가 억지로 친절하게 대답하는데, 자존심이 약간 상했다는 기미가 역력했다.

"그런 건 고깃배에 물어봐야죠. 금강호는 고깃배가 아니라 호텔입니다."

나는 침대에 누워 잠을 청했다. 가볍게 흔들리는 요동을 느끼면서 한참 잔 줄 알고 깨었을 때는 겨우 새벽 두 시였다. 도망간 잠을 좁은 객실에서 달래기 갑갑하여 나는 갑판에나 나가 보려고 긴 복도를 지나는데 어느 방에선가 한 여인의 흐느끼는 소리가 새어 나왔다. 듣자 하니 할머니의 목소리 같았다. 나는 잠시 멈춰 그 흐느낌에 귀 기울이며 멍하니 서 있었다. 그러던 순간 여인은 진저리를 치는 듯한 호흡과 함께 긴 외마디 소리로 "어머니—"를 외쳤다. 그런데 그 '어머니' 소리는 이제까지의 흐느낌과는 달리 젊은 처녀의 목소리 같았다. 그래서 나는 이 여인이 할머니인지 젊은 여인인지 알지 못했다.

금강산 탐승객은 누구든 조별로 편성되어 4박 5일 동안 배에서든 금강산에서든 함께 행동하도록 되어 있었다. 내가 속해 있는 '가반 11조'에는 일반 탐승객도 몇몇 있었지만 대부분이 취재 기자와 실향민이었다. 기자 중에는 MBC 뉴스의 이보경 기자가 면식이 있었고, 실향민 중에는 우성해운의 홍용찬 부사장(55세)이 평소 알고 지내는 사이여서 나는 조금도 서먹할 것이 없었다. 홍용찬 씨는 고향이 고성 중에서도 해금강 입석리였기에 바로 고향집 앞까지 가는 셈이었다. 그는 사촌형 익찬(57세) 씨와 외사촌인 이창식(68세), 영식(66세) 형제를 모시고 50년 만에 고향을 찾아가는 부푼 마음으로 현대 금강호에 올랐던 것이다. 그들의 가슴이 얼마나 설레었을까. 이중 제일 연장자인 이창식 씨에게 고향 가는 소감을 물었는데 그는 뜻밖에도 차분하게 대답했다.

"담담할 뿐입니다. 10년 전만 해도 남쪽 고성 통일전망대에 서서 고향 쪽을 바라보며 통곡을 했고, 통곡을 할지언정 고향을 바라보고 오면 그래도 맘이 좀 편했는데 칠순이 가까워 온 지금은 그런 울음도 사라지고 모든 게 덤덤합니다."

설레는 탐승을 시작하며

계절로는 늦가을이었지만 금강산은 이미 겨울로 접어들어 있었다. 금강호 갑판 상에선 복주머니처럼 둥글게 말린 장전 항구와 그 너머로 수반 위의 수석인 양 금강산 남북 60킬로미터하고도 그 여맥이 통째로 보였다. 혹은 톱니처럼 혹은 예리한 도끼날처럼 날카로운 선을 그린 산세가 겹겹이 싸여 있고, 가장 높게 보이는 비로봉 정상에는 흰 눈이 하얗게 쌓여 있었다. 특히 둘째 날은 밤새 눈이 더 내렸는지 신비로울 정도로 눈부시게 반짝이고 있어 갑판에서고 부두에서고 사람마다 "저 흰 산이 무슨 봉이었지?" "비로봉이라는군!" 하는 소리가 끊이지 않았다. 사실 그 이름은 알아 무엇 하리오 마는 신비에 조금이라도 다가가고픈 마음에 그 이름을 찾는 것이리라.

내가 지난여름에 본 금강산과 이번에 보는 초겨울 금강산은 너무도 달랐다. 여름 봉래산이 진초록 나들이복에 하얀 비단 사라를 걸친 모습이라면, 개골산은 실오라기 하나 걸치지 않은 발가벗은 나신(裸身)이라고나 할까. 그런데 금강산의 속살이 그처럼 환상적인 아름다움을 갖고 있을 줄은 몰랐다. 밝은 햇살에 반짝이는 바위는 너무도 윤기 있고 매끄럽게 느껴졌다.

이번 금강호에는 김영재, 박광진, 정명희, 김병종 등 내가 얼굴과 이름을 잘 알고 있는 화가만도 10여 명이 동승했다. 그들은 옥류동, 구룡폭, 만물상 등지에서 탐승객들이 보는 앞에 스케치하면서 이렇게 소묘하기 좋은 산은 처음이라며 흡족한 표정을 짓고 있었다.

금강호의 첫 승객들이 반한 것은 바위산의 오묘한 모습만이 아니었다. 금강산엔 10대 미가 있어 산악미, 계곡미, 수림미……하고 꼽더니 청터솔밭과 온정리의 장려한 미인송 솔밭을 지날 때는 모두들 그 아름다운 수림 속을 걷지 못함을 억울해 했다.

계곡미는 또 어떠했는가! 어떻게 물색이 저렇게 옥빛, 비취빛을 발할 수 있을까. 서울에서 먹는 생수보다 더 맑다니! 얼마나 맑으면 계곡 안쪽엔 미생물조차 없어 물고기가 살지 못할까, 어떻게 휴지 하나 비닐 조각 하나 없는 이런 청정 지역이 있을 수 있단 말인가.

탐승객들은 모두 세 개 반으로 편성되어 있어서 가나다 반이 구룡폭, 만물상, 삼일포 코스를 순번대로 돌아가며 탐승하였다. 그래서 저녁식사 때와 갑판에서 휴식할 때면 서로 그쪽 코스는 아름답더냐, 힘들더냐 하고 물으며 금강산에 대한 자랑과 기대를 교감하곤 했다.

북한 사람을 만나는 반가움

탐승객들의 관심은 또한 금강산 못지않게 북한 주민에게도 있었다. 동해를 떠나기 전에 안보 교육을 받으면서 북한 주민에게 말을 걸면 벌금 80달러라는 소리를 듣고 이게 무슨 황당한 얘기인가 하면서도 액면 그대로 받아들였는데, 막상 버스를 타고 마을 앞을 지날 때면 너나없이 북한 주민들을 향해 힘껏 손을 흔들었다.

장전항에서 온정리까지 금강산 탐승객을 실어 나르는 버스가 오가는 길은 참으로 비정한 분단의 아픔을 다시 보여 주었다. 버스 길 양옆에는 높이 둘러쳐진 철조망이 있었다. 그리고 철조망에는 500미터 간격으로 어린 군인들이 자기 키만큼 큰 총을 어깨에 걸어 메고 눈동자 하나 까닥 않고 부동의 차려 자세로 인형처럼 서 있었다.

그러나 밭에서, 혹은 공사장에서 일하던 주민들이 짬짬이 손을 흔들어 주면 버스 안 사람들은 모두 그쪽 창으로 몰려 힘껏 손을 흔들며 "반갑다."라는 소리를 지르곤 했다.

금강산 탐승길에 올라서자 이번에는 군인 대신 환경관리원들이 2인 1조로 역시 500미터 간격으로 배치되어 탐승객들의 탐승 질서를 관찰하며 길 청소를 하고 있었다. 우리 조가 첫날 옥류동 계곡 앙지대(仰止臺)에 다다랐을 때는 남녀 한 쌍의 환경관리원이 대빗자루를 들고 낙엽을 태우고 있었다. 사람들은 그들을 멀찍이서 따뜻한 인간애로 바라만 볼 뿐 교육받은 대로 말 한마디 걸지 못하고 있다가 누가 먼저 했는지 거의 본능적으로 눈인사를 보내자 그들 역시 끈끈한 동포애가 느껴지는 눈인사를 보내 왔다.

그러자 이보경 기자는 이때다 싶어 나를 지난번에 다녀간 '교수 선생'이라고 소개하였고, 그들은 내 이름표를 뚫어지게 바라보고는 다시 내 얼굴과 이름표를 반반으로 갈라 보며 확인하는 것이었다. 그래서 내가 지난번에 엄영실 동무의 안내를 받았는데 혹시 여기에 나왔느냐고 물었더니, 환경관리원은 그것을 물증으로 인정한 듯 비로소 입을 열며 자기는 장영애(28세)라고 이름까지 밝혀 주었다.

이리하여 환경관리원은 남한 탐승객에 둘러싸여 질문 공세를 받게 되었다. 그런데 이 여성 환경관리원은 뜻밖에도 말을 멋지게 되받아쳐 사람들을 놀라게 하였고 또 그것은 더없는 반가움으로 느껴졌다. 실없이 말 걸 때면 으레 그렇듯이 누군가가 결혼했냐고 묻자 "나는 아직 사랑해 본 역사가 없어요."라고 대답했을 때 젊은이들은 그 표현을 재미있어 했지만 나이 든 분들은 '○○해 본 역사가 없다'는 표현이 1950년대의 말투임을 상기하며 그런 유행어가 아직도 그대로 남아 있다는 사실을 아주 신기해했다.

대화의 진도가 갑자기 빨라져 사람들이 짓궂게 노래를 시키자 근무 중이라서 안 된다며 빗자루를 들고 젊은 남성 기자들을 향해 소리쳤다.

"지금 저 위쪽 옥류동에선 처녀들이 홀딱 벗고 목욕하고 있는데 그걸 못 보고 가면 얼마나 억울하겠습니까. 빨리 가십시오."

북한 사람들은 농담을 이처럼 아주 잘했다. 나는 이것을 사회주의 체제에서 나온 문화 행태라고는 생각지 않았다. 왜냐하면 아무리 생각해도 자본주의 사회가 사회주의 사회보다 훨씬 자유롭고 여유 있다고 생각하기 때문이다. 그리고 이는 서울에 사는 이북 사람들이 능청스럽게 농을 잘 걸고 또 능숙하게 받을 줄 아는 점을 생각할 때 어쩌면 풍토적 특성이라고 보는 것이 옳을 성싶다. 그들의 성격이 밝고, 단선적이며, 천진해 보이는 것은 아마도 야박한 도회지 때가 묻지 않은 시골 사람들의 천진성 같은 것

이라고 이해하였다. 그런데 나중에 금강산에서 돌아와 어느 술
자리에서 내가 북한 사람들의 이런 유머 감각에 대해 이야기하
자 경북대 불문과 임진수 교수는 생각을 달리한다며 이렇게 말
했다.

"어쩌면 사회주의 체제가 낳은 문화 현상인지도 모릅니다. 왜
냐하면 고대 그리스의 유머라는 것을 보면 아테네가 아니라 오
히려 스파르타에서 많이 나왔답니다. 질서가 꽉 짜여 있을수록
카타르시스를 위한 농담과 유머가 발달하는 법이니까요."

동생을 찾는 형의 목소리

둘째 날이 되었을 때 사람들은 그새 금강산의 산세와 환경관리
원들에 익숙해져서 첫날처럼 낯가리는 일없이 적극적으로 달려
들었다. 관광객들은 벌금 80달러라는 말을 잊었고, 북측 환경관
리원들 역시 말을 걸어 주었으면 하는 듯한 따뜻한 눈길이 역력
했다. 그리고 그들은 여전히 농담으로 잘도 받아넘겼다.

삼일포에서 만난 환경관리원 정길화(24세) 씨에게 누군가가
"남남북녀가 노래 하나씩 합시다"고 제안하자 그녀는 이렇게 받
아넘겼다.

"남남북녀가 뭡니까. 북녀남남이지."

그리고 장군대에서 만난 환경관리원 리상옥(22세) 씨를 끌어
내어 끝내 〈휘파람〉, 〈심장에 남는 사람〉이라는 유행가를 들었
을 때는 모두들 그 아련하고 고운 가사와 창법에 취했다. 노래란

이처럼 사람의 마음을 흔들고 동화시키는 데 매우 유리한 장르였다. 그래서 마지막 날 만물상 오르는 길의 망장천 샘물가에서는 이문구, 이문열, 김성우, 박범신 등 문필가들이 관리원 류정금(24세) 씨에게 〈심장에 남는 사람〉을 지정곡으로 신청하고는 글쟁이답게 그 노랫말을 받아쓰고 있었다.

그런데 북한 관리원들이 마냥 천진스러운 것만은 아니었다. 그들의 농담 중에는 아주 단호한 면도 있었다. 또 언중유골로 뼈있는 말을 잘 집어넣었다.

삼일포에서의 일이다. 단풍각에서 점심을 먹고 내려오다가 사람들은 미남형으로 미끈하게 잘 생긴 김철호(30세) 씨를 만났을 때 역시 인간적인 대화와 농담을 주고받았다. 그는 국제관광종합사의 지도원이라고 자기소개까지 했다. 그때 누군가가 관광지도원으로 남한 사람들이 금강산에 오게 된 것을 어떻게 생각하느냐고 묻자 그가 거칠 것 없이 단호하게 대답하는데 모두들 잠시 입을 다물고 숙연해졌다.

"금강산을 맘껏 즐기십시오. 그러나 우리는 금강산이 남쪽의 설악산처럼 되지 않기를 바랍니다."

사람들은 그렇게 금강산과 금강산 사람들에게 익숙해지며 아름다운 산과 그리운 사람들을 만나고 있었다. 남과 북은 그렇게 만남을 시작한 것이었다. 순간순간마다 눈물겨운 감격이 일어나는 진한 만남이었다.

더욱이 실향민들에게 있어서 금강산은 아름다운 탐승의 대상이 아니었다. 그저 나무 하나, 돌덩이 하나에서도 고향에 찾아온 정을 실어 보는 감격의 땅이었다. 특히 고성, 장전, 온정리 사람들은 잃어버린 고향에 다시 돌아온 반가움과 슬픔이 동시에 일어나고 있었다.

셋째 날 만물상 답사를 마치고 도시락을 먹기 위하여 일행들과 함께 온정리 금강산려관 옆에 있는 금강원 식당으로 가는 길에 나는 첫날 배에서 만난 김택기 노인을 다시 만났다. 나는 구면이라 반갑게 인사를 드렸는데 그분은 내가 인사하는 것을 못보았는지 딴 쪽만 계속 살피며 아무 반응이 없었다. 그는 무엇을 잃어버린 사람처럼 계속 주위를 두리번거리고만 있었다. 그러더니 갑자기 혼잣소리를 하며 저쪽으로 가는 것이었다.

"아냐! 여기야! 여기쯤야! 온정리가 다 없어졌어! 하나도 남은 것이 없어!"

그러더니 노인은 갑자기 먼 숲을 향해, 어찌 보면 실성한 사람처럼 어찌 보면 연극배우 같은 큰 몸짓으로 이곳저곳을 향해 큰소리를 던졌다.

"택수야! 형 왔다! 나 택기야! 내가 왔어!"

나는 이 가슴 저미는 소리를 옆에서 눈물 없이 들을 수가 없었다. 그런데 이 노인의 동생 찾는 소리는 이제 스무 살 된 우리 집 큰 아이가 작은 아이를 부르는 소리보다도 더 어리게 들려왔다. 순간 저 노인은 어린 시절, 헤어질 때 부르던 그 감정으로 동생을 부르고 있는지도 모른다는 생각이 들었다.

북한 주민에게 금강산은 무엇인가

김택기 노인만이 온정리의 실향민이 아니었다. 그렇게 말하는 나 또한 말할 수 없는 실향민의 심정에 휘감겨 그날 점심을 거의 먹지 못했다. 금강산려관으로 말할 것 같으면 지난여름, 내가 5박 6일간 묵어 간 곳으로 수위원, 판매원, 출납원, 의례원 등 10여 명의 얼굴과 이름을 아직도 생생히 기억하는 곳이다. 또 금강원 식당은 매일 저녁을 거기서 먹으며 주인 아주머니가 따다 준 털복숭아를 맛있게 벗겨 먹고, 유성숙(24세) 접대원의 상냥한 친절과 가성 섞인 고음의 노랫소리를 아직도 잊지 못하는 추억의 식당이다.

그런데 금강산려관은 접근도 못하는 구역으로 수위원은커녕

✚ 금강산 관광객들을 실어나르는 버스

인기척도 없었다. 금강원 식당에 들어서니 주인 아주머니 이하 모든 접대원들이 어디론가 떠나게 되고, 불도 쓰지 않은 복도는 을씨년스럽게 어두침침했다. 텅 빈 집, 텅 빈 방에 텅 빈 식탁만 놓여 있을 거기에 탐승객들은 삼삼오오 둘러앉아 지급받은 까만 도시락 통을 열어 식사를 했다.

아! 그들은 어디로 갔을까? 그런 생각에 나는 밥이 넘어가지 않았다. 금강원 식당에서 나와 솔밭 저편 금강산려관 쪽을 망연히 바라보면서 내가 묵었던 403호 베란다에 오랫동안 눈길을 두고서 지난여름 꿈같이 보냈던 그때와 그 그리운 얼굴들을 다시 그려 보았다.

그날 버스로 돌아가는 길에 창밖에 보이는 철조망과 500미터 간격으로 서 있는 인민군 보초들을 보면서 나는 불현듯 이런 질문이 들었다.

'저기 철조망이 둘러쳐져 있고 보초가 지키고 있는 것은 과연 남한 관광객이 북한 지역으로 넘어가는 것을 금지하기 위함인가? 아니면 반대로 북한 주민들이 이 안으로 들어오지 못하게 막은 것인가? 앞으로 당분간 북한 주민들은 금강산을 관광할 수 없게 된 것 아닌가? 그렇다면 북한 사람들에게 금강산은 무엇인가?'

칠순 노인이 부르는 어머니

우리 조가 해금강 코스를 탐승하는 날이었다. 그날따라 홍용찬, 익찬 형제와 이창식, 영식 형제분들은 남달리 상기된 모습이었다. 알고 보니 오늘 그들은 고향 입석리 앞을 지나는 것이었다. 버스가 삼일포를 곁에 두고 멀리 폐허나 다름없는 고성 구읍이 바라보이는 곳을 지날 때 형제들은 버스 창에 바짝 다가가 어린 애처럼 날뛰며 소리쳤다.

"고성역 건물이 남아 있다!"

"저기 물탱크가 보인다!"

"여기가 너배기 고개고 저기는 말머치다!"

그들은 스치는 장면마다 중계방송 아나운서처럼 말을 옮겼다. 그것은 거의 본능에 가까운 반응이었다. 이윽고 버스가 주차장에 도착했다. 낮은 언덕 한 자락을 돌아서자 푸르디푸른 동해 바다가 우리를 맞이하는 바닷가였다. 바윗돌이 널려 있는 해변가에서 모처럼 자유 시간이 주어졌을 때 이들 형제는 서둘러 넓은 바위를 찾아 제상을 진설했다. 제수는 약과, 깨강정, 밤, 대추, 육포, 사탕, 초콜릿에 술은 약주로, 모두 서울에서 정성껏 마련해 왔다.

그리고 이들은 함께 고향을 향해 큰절을 올렸다. 그렇게 하고도 뭔가 미진했는지 내외종 4형제는 한 사람씩 잔을 다시 올리는데, 그중 가장 나이 많은 이창식 노인은 절하기 앞서 고향을 향해 울먹이며 이렇게 말했다.

"어머니, 저희가 왔습니다. 지금 살아 계십니까, 돌아가셨습니까? 살아 계시면 살아 계신 대로, 돌아가셨으면 돌아가신 대로 절을 받으십시오."

그러고는 넙죽 큰절을 올리며 엎드렸는데 좀처럼 일어날 줄 몰랐다. 이제는 흐를 눈물도 없어 담담할 뿐이라던 노인은 그예 주먹만 한 눈물을 흘리더니 끝내는 오열을 터뜨리고 말았다. 그러고는 고향을 바라보며 외마디를 질렀다.

"어머니―."

그런데 "어머니" 하고 부르는 소리만은 이상하게도 노인이 아닌 십대 소년의 목소리처럼 들렸다. 주위에 있던 사람들의 눈에는 모두 눈물이 맺혀 있었다. 심지어는 그 냉혈한 기자들조차도 코끝이 시려 옴을 느끼는 듯 고개를 돌리곤 했다.

나는 순간 그 이유를 알아챌 수 있었다. 이창식 노인은 50년 전 어머니 품을 떠나던 열여섯 살 소년 시절에 마지막으로 어머니를 불러 보았던 바로 그 목소리 그대로인 것이었다. 그때의 감정이 50년을 두고 털끝만큼도 변하지 않은 것이었다. 인간에게 어머니는 그런 것이다. 그래서 첫날 유람선 객실에서 흘러나온 그 '어머니' 소리가 할머니 목소리인지 처녀 목소리인지 몰랐던 것이다. 나이 칠순이 되어도 어머니는 어머니인 것이다.

모든 일정을 무사히 마치고 금강호가 장전항을 떠나 뱃머리를 동해 먼바다로 향했을 때 배 뒤편 갑판에는 몇 사람이 찬바람을 마다하지 않고 길어지는 항구의 희미한 불빛을 하염없이 바라보고 있었다. 나도 난간 가까이 다가가 그들과 열을 나란히 하고서 장전항 너머로 검게 드러나는 금강산 자락에 그리움의 정으로 눈길을 오래도록 두고 있는데 내 곁에 있던 노란 파카를 입은 할머니가 갑자기 흐느끼는 목소리로 무언가에 속엣말하듯 말하고 있었다.

"어머니, 저 갑니다. 어머니, 이제는 오고 싶으면 또 올 수 있게 되었습니다. 명년 봄엔 손주도 데리고 오겠습니다."

그러고는 하늘이 꺼져라 "어머니—"를 부르며 내 발 아래로 주저앉았다. 그것은 내가 현대 금강호에서 마지막으로 들은 '어머니' 소리였으며 또 첫날 복도에서 들은 어머니 소리와 같은 것이었다.

그러니까 이 칠순 실향 노인들이 50년 만에 어려서 뛰놀던 빈 고향에 돌아와 말할 수 있는 유일한 언어는 오직 '어머니' 한마디뿐이었다.

나는 할머니를 부축하여 모시고 갑판을 돌아 선실로 들어왔다. 이윽고 장전항 밤바다에는 아무것도 보이는 것이 없었다.

《나의 문화유산답사기 5》 (창비, 2011)

⏻ 금강산 관광

'금강산(봄), 봉래산(여름), 풍악산(가을), 개골산(겨울)'. 계절에 따라 다른 이름을 가지고 있는 다채로운 모습의 금강산. 산을 좋아하는 우리 민족에게 1만 2000개의 봉우리와 수많은 기암괴석, 그리고 형언할 수 없이 아름다운 폭포와 계곡을 가지고 있는 금강산은 예로부터 선조들에게도 사랑을 받아 온 산입니다. 1998년 11월 18일 관광선 '금강호'를 통해 시작된 금강산 관광은 한국의 민간인들이 북한을 여행하는, 남북 분단 60년사에 새로운 획을 그은 사건이었습니다. 2003년 9월부터는 강원도 고성을 통해 육로 관광이 이루어져 쉽고 빠르게 많은 사람들이 금강산 관광을 할 수 있게 되어, 2005년 6월에는 금강산 관광객이 100만 명을 넘어섰습니다. 2007년 5월 내금강 관광을 시작하였고, 2008년 3월부터는 하루 20대로 제한되긴 했지만 승용차 관광을 할 수 있었습니다. 실향민들에게 분단의 아픔을 조금이나마 치유해 준 금강산 관광. 하지만 2008년 7월 한국 관광객 피격 사망 사건으로 금강산 관광은 잠정 중단된 상태입니다. 2011년 8월 북한은, 금강산 관광이 중단된 지 3년여 동안 재개되지 못하자, 한국 측 독점 사업권자를 배제한 채, 독자적인 금강산 관광 사업을 추진하고 있습니다.

1 금강산 가는 길 주변에 설치된 철조망을 보며 글쓴이는 무엇을 느꼈나요?

2 고향을 앞에 두고 "어머니" 하고 부르는 소리가 노인이 아닌 십대 소년의 목소리처럼 들린 까닭은 무엇일까요?

여행이란 젊은이들에게는 교육의 일부이며,
연장자들에게는 경험의 일부이다.
– 베이컨

잔지바르 대성당의 조각상

2

쿤타킨테도
이곳에 있었을까?

조수영

비통한 죽음을 기리다

스톤타운의 골목만큼이나 잔지바르의 역사도 복잡하고 이에 얽힌 사연도 절절하다. 1499년 바스코 다 가마(Vasco da Gama, 1469~1524)의 발길이 닿은 후 포르투갈의 지배를 받았고, 1832년부터 150년 동안은 아랍 해상 왕국 오만의 통치를 받아야 했다. 술탄의 궁전이었던 '경탄의 집'을 비롯한 대부분의 이슬람 유적지는 모두 이 시대의 건축물이다.

아랍의 술탄°은 동아프리카에서 원주민을 잡아다 잔지바르 노예시장으로 끌고 왔고, 유럽의 상인에게 팔았다. 잔지바르는 향료와 노예를 노린 유럽 상인들의 아프리카 전초 기지였고, 술

● 술탄 | 이슬람 세계에서 통치하는 국가 또는 지역의 군주를 부르는 말.

탄은 이를 통해 막대한 부를 축적했다. 졸지에 노예로 전락한 동아프리카의 흑인들은 목에 쇠고랑을 차고 채찍을 맞아 가며 잔지바르로 끌려왔다. 스톤타운 중심에 위치한 대성당에는 수만 명의 노예가 머물다 팔려 간 흔적이 아직도 남아 있다.

안내원을 따라 들어간 대성당의 지하에는 노예를 감금하던 쪽방 두 칸이 아직까지 보존되어 있다. 방에는 높이 1미터 정도의 턱을 만들어 노예들을 앉혔는데, 일어서지도 못할 만큼 천장이 낮고 비좁다. 이 어둡고 좁은 방에 적게는 60~80명 정도의 노예를 쇠사슬로 묶어 감금해 두었다고 했다. 상상조차 하고 싶지 않다.

우리가 서 있는 단 아래 작은 통로를 화장실로 사용했는데, 오물은 바닷물이 밀려왔다 나갈 때 씻겨 나갔다고 한다. 그들은 빛도 잘 들지 않는 이 작은 방에서 굶주림과 두려움에 떨며 팔리기만을 기다렸다. 노예 상인은 흑인들을 하나하나 발가벗겨 등급을 나누고, 달군 쇠로 가슴에 낙인을 찍었다. 어린 노예들은 몸무게를 달아 보고 미달되면 그 자리에서 죽였다.

지하 감옥에서 며칠을 견뎌 낸 흑인들은 노예시장에서 경매에 붙여졌다. 1873년까지 노예시장이 열렸는데, 노예들이 건강하게 보이도록 기름을 바르거나 액세서리로 장식하기도 했다. 불과 200년 전의 일이다. 천장에는 당시 쇠사슬이 그대로 매달려 있었다. 안내원의 설명이 끝나지 않았지만 서둘러 지상으로 올라왔다. 온몸으로 축축함이 느껴지고, 두려움에 몸부림치던 흑인 노예의 혼령이 방 안에 떠도는 듯한 느낌을 견딜 수가 없었다.

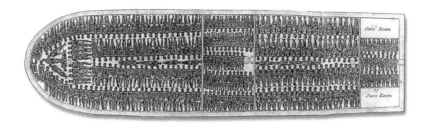

✚ 흑인 노예 적재계획을 담은 노예선 도면

역사의 비극을 치유하기 위해 노예시장 자리에 대성당을 지었다. 죽은 노예가 실려 나갔던 쪽을 바라보고 있다. 성당 뒤쪽에는 노예무역에 반대한 영국인 선원을 기리는 스테인드글라스도 있다. 지금은 예배 장소나 결혼식장으로 이용되는데, 오늘 우리가 만난 사람들은 대부분 노예 감옥을 보러 온 관광객이었다.

노예로 잡혀 온 흑인 가운데 5분의 2는 이곳으로 옮겨지면서 목숨을 잃었고, 남은 사람들 중 3분의 1은 기나긴 항해를 견디지 못하고 죽었다. 목숨을 부지한 사람들은 낯선 땅에서 잔혹한 노예 생활을 해야만 했다.

당시 노예선의 상황은 어땠을까? 아프리카에서 북아메리카 대륙을 가는 데는 일반 범선보다 조금 더 빠른 쾌속선을 이용했는데 약 한 달 정도 걸렸다. 빨리 가야 노예의 생존율이 높아지고, 그래야 더 많은 돈을 벌기 때문이다. 돈에 눈이 먼 노예 상인들은 한 명이라도 더 태우기 위해 좁은 공간에 말 그대로 인간 '화물'을 꽉꽉 채워 넣었다. 보통 무릎을 구부린 상태에서 옆으로 눕게 해서 목과 발을 쇠사슬로 묶었다.

그리고 낮은 선반에 이중 삼중으로 첩첩이 쌓았다. 그 열기와 악취, 답답함은 상상할 수조차 없다. 노예선에서 그들은 인간이 아니었다. 똥오줌도 마음대로 처리할 수 없었으니 위에서 떨어지는 오물을 그대로 뒤집어썼다.

되풀이되지 말아야 할 역사

안내원의 설명을 들으면서 여태껏 궁금했던 한 가지 의문이 풀렸다. 왜 흑인을 잡아다 북아메리카의 노예로 부렸을까 하는 것이다. 원주민인 인디오도 있고, 유럽의 죄수들도 있었을 텐데. 아메리카 대륙에서는 농사를 짓고 금광을 캘 노동력이 많이 필요했다. 원주민인 인디오들은 유럽인이 퍼뜨린 질병과 열악한 환경을 견디지 못하고 죽었다. 신체 조건도 오래고 힘든 노동에 적합하지 못했다. 악조건에서 항해한 뒤에도 살아남은 튼튼한 흑인은 가장 인기 좋은 노동력이었다. 백인들이 흑인들을 일일이 찾아내서 납치한 것은 아니다. 현지 족장이나 왕이 다른 부족을 습격해서 노예를 마련했다가 노예 상인에게 팔아넘겼다고 한다.

그 당시 노예선에는 사탕수수나 커피, 면화 등도 가득 실려 있었다. 상당수 노예가 항해 중에 죽었지만 남은 노예를 팔고 본국

경탄의 집

으로 돌아가면 이윤이 두 배나 세 배였다니 수지맞는 장사였다.
지하 감옥 복도에는 이런 글이 적힌 액자가 걸려 있었다.

커피와 설탕이 유럽인의 행복을 위해 꼭 필요한 것인지는 잘 모
르겠다. 하지만 이 두 작물은 두 대륙을 확실히 불행에 빠뜨렸다.
그들은 커피나무와 사탕수수를 심기 위해 아메리카를 침략했고,
재배할 사람을 얻기 위해 아프리카를 약탈했다.

오후 여섯 시가 넘으면 '경탄의 집' 앞 공원에는 수많은 포장
마차들이 문을 연다. 주로 구운 문어, 오징어 같은 수산물이 대

부분이지만 소고기나 간 꼬치, 염소 고기 등도 있다. 꼬치는 1개 100실링(우리 돈으로 100원), 문어 다리 1개 500실링, 오징어 몸통은 1000실링이다. 포장마차 주인들은 모두 직접 배를 타고 나가서 잡아 왔기 때문에 신선하다고 자랑한다.

옛 노예시장을 돌아보고, 그 당시 일어났던 비극적 역사를 떠올리는 과정은 쉽지 않았다. 오늘따라 힘든 여정을 다녀온 듯 몸과 마음이 축축 처진다. 그나마 잔지바르 항의 활기가 어두운 기억을 조금씩 밀어내고 있었다.

《사파리 사이언스》(효형출판, 2008)

⏻ 잔지바르
────────────────────────────────────

'잔지바르'는 잔지바르 섬 서쪽 연안에 있는 근대적 무역항입니다. 잔지바르는 페르시아어 '잔지(Zanzi, 흑인)'와 '바르(bar, 사주 해안)'의 복합어로 '검은 해안'을 뜻합니다. 고대에 아랍인이 세웠으며, 1107년 이슬람 사원이 건립되었습니다. 19세기 초반 지배자인 아랍인들이 만든 '올드 스톤타운'입니다. 돌집들 사이로 골목길이 미로처럼 퍼져 있고, 사이사이 수많은 가옥, 모스크, 상점들이 들어서 있어 관광객의 발길이 끊이질 않습니다. 아랍풍의 좁고 구불구불한 도로, 노예시장의 유적, 술탄의 왕궁, 오만 제국의 요새, 이슬람 사원, 영국 탐험가 D.리빙스턴의 집, 성공회 성당 같은 것들이 남아 있습니다.
이곳에는 끔찍한 노예시장이 있었습니다. 백인들은 동부 아프리카 전역에서 생포한 아프리카인을 잔지바르 섬으로 데려와 팔았습니다. 노예시장은 가로 46미터, 세로 27미터의 공간에 있었는데 여기서 거래된 노예들은 아랍, 유럽, 미국 등으로 팔려 나갔습니다. 15세기 중반에서 19세기 중반까지 약 400년간 아프리카에서 잡혀간 노예 수는 최소 1000만 명이었습니다. 그들은 총 몇 자루, 단검이나 거울 몇 개, 럼주 몇 병, 손수건 몇십 장의 가치로 교환되었는데, 이런 아픈 상처의 현장에 지금은 대성당이 서 있습니다.

1 흑인을 잡아다 북아메리카의 노예로 부린 까닭은 무엇인가요?

2 오늘날 아프리카 대부분 나라는 서양 세계의 식민 지배에서는 벗
  어났지만, 여러 가지 어려움을 겪고 있습니다. 어떤 어려움을 겪
  고 있는지 생각해 보세요.

> 여행은 깊고 변함없이 흘러가던 생활에 대한
> 생각의 변화이다.
> – 밀리엄 비어드

✛ 쿠바 아바나 거리

3
멈출 수 없는
낭만적 상상력

김병종

거리에서

고물 차가 아름다워 보이는 올드 아바나의 거리. 오래된 오비스토 거리를 달리는 빨간색, 초록색, 노란색의 고물 차와 함부로 떼다 붙인 것 같은 원색 패널 집들을 보며 걷다 보면 흡사 설치미술 전시장에라도 와 있는 느낌이다.

색색의 차들 가운데는 영화 〈대부〉에서나 봄 직한 1960년대의 낡은 모델 소련제 차와 미국제 차도 있다. 그런데 가난도 남루함이 아닌 당당함으로 되받아칠 수 있는 까닭은 아무래도 청옥빛 바다와 태양빛 때문이 아닐까 싶다. 구식의 원색 고물 자동차들에도 카메라만 들이대면 금방 '그림'이 되는 것은 눈부신 카리브와 거침없이 작열하는 태양 때문일 것이다. 그것들이 사진 속에서는 금방 색칠한 그림처럼 빛을 발하기 때문이다.

그런데 더 놀라운 것이 있다. 쭈그러진 자동차보다 더한 경제
난과 생활고 속에서도 얼핏 스치는 거리의 얼굴들에는 여유가
있고 미소가 있다는 점이다. 불가사의다. 그리고 보면 아바나의
불가사의는 한두 가지가 아니다. 광장과 골목마다 넘쳐나는 음
악들. 그것도 우울하고 느린 것들은 거의 없다. 어쩌면 혁명도
정치 구호도, 그리고 가난마저도 음악과 춤의 용광로 속에서 녹
아 버린 듯하다. 춤은 배고픔을 잊게 하고 음악은 이르지 못한
혁명의 구호마저 망각케 하는 것인가.

광장에서

혁명 광장. 혁명 기념일 때 많게는 150만 명이 모였다는 광장 앞
20차선 도로는 그러나 거의 텅 비어 있다. 그 텅 빈 광장에 햇빛
만 무지막지하게 쏟아지고 있다. 광장 내무성의 거대한 벽에 먹
으로 한 붓에 내리그은 것 같은 체 게바라°의 그 유명한 베레모
쓴 초상 조각이 철 부조 형태로 붙어 있다. 쿠바 하면 으레 등장
하는 바로 그 초상 조각이다. 사회주의 조각이라고 믿기 어려울
만치 뛰어나게 생략과 추상성을 발휘한 작품이다. 하긴 몇 년 전
광주 비엔날레에 와서 대상을 받고 간 작가도 쿠바 작가였던 점
을 상기하고 보면 그 저력을 짐작하게 된다.
건물 입구에는 어린 군인이 몸에 잘 맞지 않은 헐렁한 군복을
입고 보초를 서고 있다. 그리고 그 앞으로는 인력거의 페달을 힘
차게 밟으며 러닝셔츠 차림의 같은 나이 또래 검은 피부 청년 하

+ 혁명 광장의 쿠바 내무성

나가 지나간다. 한가함투성이 도심은 파리 소리마저 들릴 만큼 적막하다.

이 센트로아바나의 광장 일대는 내무성 말고도 국방무력성 등 주요 건물이 포진해 있어서 말하자면 오늘의 쿠바를 움직이는 권부인 셈이다. 그 건물들을 바라보고 있는 체 게바라의 초상 조각을 올려다보며 문득 살아 있는 카스트로*가 죽은 체 게바라를 이기지 못한다는 생각이 스친다. 물론 혁명 동지인 두 사람은 이기고 지는 관계가 아닌 오늘의 쿠바의 뼈대를 세운 우애 깊은 사이

• 체 게바라 | 아르헨티나 출생의 혁명가로 1955년 멕시코에 머무는 동안 피델 카스트로와 사귀어 쿠바 혁명에 참가하였다.
• 카스트로 | 쿠바 혁명 최고 지도자로, 1959년부터 2008년까지 쿠바의 국가 원수였다.

로 알려져 있다. 표면적으로 두 사람 사이에는 어떤 불화와 알력의 흔적도 보이지 않는다. 그러나 혁명 성공 후 2인자 자리에 있던 체 게바라는 돌연 다시 군복을 챙겨 입고 밀림으로 간다. 아프리카와 볼리비아의 야전 게릴라로 돌아선 것이다. 어떻게 설명해야 할까. 혹 하늘에 태양이 둘일 수 없듯 쿠바의 별도 둘일 수 없었기 때문은 아니었을까. 그래서 스스로 비켜서 준 것은 아닐까.

스스로 몸을 감추었든 아니었든 간에 밀림으로 돌아간 체 게바라는 30대에 총살로 생을 마감한다. 어찌 보면 스스로 죽음의 길로 걸어간 듯한 느낌이다. 혼자 남은 카스트로는 그의 사후 40년간 쿠바를 통치해 왔다. 그러나 미국의 코 밑에서 맞장을 뜨자고 덤볐던 그도 이제는 꾸부정한 팔십 노인으로 얼굴에는 검버섯이 피어 있다. 가끔은 연단에서 넘어지는 민망한 노추의 모습을 보이기도 한다. 그러나 체 게바라는 그 육체가 가장 아름다울 때 홀연히 지상에서 사라져 버렸다. 삶의 절정에서 죽었기에 남겨진 사진마다 빛나는 육체의 순간들만을 보여 준다. 사진작가 알베르토 코르다가 남긴 이 우수의 혁명가는 그래서 오늘도 수많은 여인들의 가슴을 뒤흔들어 놓는다. 쿠바의 거의 전역, 도로 여기저기에서 기업의 광고탑보다도 더 자주 눈에 띄는 것이 체 게바라의 얼굴 모습이지만 어느 각도에서 찍은 것이든 그 잘생긴 모습에는 부실함이 없다. 한 프랑스 장군의 딸은 사진가 코르다와 함께 그를 만난 밤을 이렇게 회상한다.

"보는 순간 얼마나 가슴이 뛰었던지 정신이 없었어요. 음악이 귀에 들어오지 않았죠."

그가 뛰어난 공산주의 이론가였던 데다가 직접 총을 들고 일어선 과격한 인물이었다는 사실은 간 곳 없고 이방인의 눈에 비친 음영 같은 서늘한 눈매에 시가를 꼬나문 모습은 낭만적 상상력을 불러일으키기에 충분하다. 그가 입은 군복과 부여잡은 총마저 한사코 그 낭만을 부추기는 소도구로만 보일 뿐이니 어찌할꼬. 그러나 진정으로 사람들의 가슴을 후벼 파게 만드는 것은 잘생긴 외모 때문만은 아니었다. 약한 곳, 눌린 자를 바라보는 그의 따스한 시선 때문이었다. 의대생에서 게릴라 대장이 된 이 얼음과 불의 사내에 대해서 장 폴 사르트르는 "우리 세기에 가장 성숙한 인간"이라고 평했다던가.

길 위에서

여행은 때로 한 인격의 전 존재를 뒤흔들어 놓는다. 의대생 루쉰이 혁명가가 된 것도 일본 여행(정확히는 유학이지만) 때문이었고, 김산이 혁명가가 된 것 또한 중국 체류 때문이었다. 몽테뉴의 유럽 여행, 괴테의 이탈리아 여행 또한 마찬가지였다. 사실 체 게바라의 시야가 넓어진 것도 전기적 영화 〈모터사이클 다이어리〉를 통해 드러난 것처럼, 그 출발은 여행에 있었다.

1952년 그는 대학 선배이자 친구인 알베르토 그라나도스와 함께 10개월에 걸친 남미 오토바이 여행을 떠난다. 칠레, 브라질, 페루를 지나 콜롬비아까지 종단하는 여행이었다. 세상 물정 모르던 꿈 많은 의과 대학생 게바라는 이 여행을 통해 삶의 코페르니쿠스적 전환을 겪는다. 한 뿌리의 민족인데도 남미 각 나라가 겪고 있는 불신과 대립, 그리고 가난과 핍박을 응시하게 된다. 그리하여 이국의 풍광을 즐기러 졸업을 앞두고 부담 없이 떠난 여행에서 그는 어깨가 휘도록 부담을 안고 돌아오게 된다.

다른 사람이라면 느낌으로 끝났을 일에 그는 '왜'와 '어떻게'라는 의문부호를 붙인다. 지주로부터 부당하게 쫓겨난 원주민 일가족과 밤을 새우고 죽음에 방치된 아마존 유역의 나환자를 치료하면서 그의 '어떻게'는 급기야 사람의 육체를 고치는 의사를 넘어 사회를 고치는 혁명가가 되는 것에서 답을 찾는다. 여행이 끝나고 헤어지면서 친구가 졸업하면 취직자리를 알선해 줄 테니 연락하라고 했을 때 악수를 나누고 돌아서기 전 그는 독백처럼 저 유명한 말을 한다.

"길 위에서 지내는 동안 내게 무슨 일인가가 일어났다."

그로부터 3년 후인 1955년 체 게바라는 멕시코로 추방당한 피델 카스트로를 만나게 되고 자신이 아르헨티나인이었음에도 불구하고 쿠바 혁명에 동참하게 된다. 그리고 1959년 1월 이 열혈 청년들은 계란으로 바위를 쳐서 막강하던 독재 정권인 바티스타 정부를 무너뜨린다. 아바나의 흑진주 쿠바의 운명이 바뀌는 순간이었다.

《김병종의 라틴화첩기행》 (랜덤하우스코리아, 2008)

1 체 게바라가 10개월의 남미 오토바이 여행을 통해 깨달은 것은 무엇인가요?

2 이 글의 제목인 '멈출 수 없는 낭만적 상상력'은 쿠바의 어떤 모습을 의미할까요?

진정한 여행의 발견은
새로운 풍경을 보는 것이 아니라
새로운 눈을 가지는 것이다.

– 마르셀 푸르스트

2 우리의 가을도 태풍 뒤에 온다

3 머리 냄새 나는 아이

4부

길에서
사람을 만나다

"참으로 다양한 사람을 많이 만나 봤지만 메리는 지금까지 만나 봤던 이들
중 가장 아름다운 인생을 살고 있는 낙천주의자임이 분명해 보였다. 이윽고
차는 덴버에 도착했고, 그녀가 먼저 팔을 벌려 뜨겁게 포옹해 주며 나와의
아쉬운 작별을 고했다."

✚ 콜로라도 자전거 여행

1

불만 여행자,
행복 암 환자를 만나다

문종성

몇 그루의 나무만이 황량함을 부추기는 콜로라도 주를 따분하게 달리고 있을 때였다. 지루함은 이미 이런저런 망상으로 인해 머리 위로 날아가 버리고, 그저 끝도 보이지 않는 길을 가기 위해 반복적으로 페달을 밟고 있었다. 그때 바퀴 쪽에서 불안정한 소리가 들렸다. 타이어가 탄력을 잃은 것이다.

사실 자전거를 타다가 펑크가 날 때만큼 기분 상할 때가 없다. 펑크를 때우는 과정이 여러모로 귀찮기 때문이다. 내 경우 짐받이에 짐이 많았으므로 그것들을 일일이 다 분해한 다음 자전거를 뒤집어엎어야 했다.

작두만큼이나 날카로운 햇살이 피부를 파고드는 날씨 속에서 한 시간 만에 드디어 수리를 마친 후 짐을 다시 정리하고 출발하려 했다. 그런데 출발도 하기 전에 바퀴에 다시 펑크가 났다.

"뭐야 이건? 젠장." 한 번 더 펑크가 나면 그야말로 힘이 쭉 빠진다. 그땐 겹불행을 맞이하면서 생기는 부정적인 인식들이 머릿속을 가득 메우게 된다. 하지만 어차피 주위엔 아무것도 없고, 결국 내가 이 일을 처리해야 한다. 다시 짐들을 풀었다. 그러면서 혹시 내가 처음에 수리할 때 꼼꼼히 체크하지 못했나 하는 생각이 들었다. 이번엔 내 손기술을 믿지 않고 제품의 질을 믿어보기로 했다. 그래서 수리하던 튜브를 버리고 새 튜브를 끼워 다시 작업했다.

작업을 하는 도중에 심통이 났다. 왜 나여야 하는지, 왜 지금이어야 하는지, 왜 하필이면 콜로라도 한복판이어야 하는지. '광야에서의 펑크 수리는 백만장자로 가는 지름길'이라는 제목으로 명성 있는 교수가 귀납법 논증을 통해 납득만 시켜 준다면야 참을 만할 텐데, 마실 물도 거의 떨어진 지금엔 만사 마뜩잖았다. 들어 주는 사람도 없이 혼자 투덜대며 30분 만에 펑크를 수리했다. 그리고 확실히 바퀴에 이상이 없음을 확인했다. 이제 됐으니 진짜 출발해도 된다는 확신을 가졌다. 하지만……

안심하고 출발하려는 찰나 또 펑크가 나 버린 것이다. 순간 정말 당황했다. 약이 오르기도 하고 무엇보다 펑크 난 상황에 대해 너무 무력한 나 자신을 발견했다. 이리 보고 저리 봐도 원인을 알 수 없었기에 답답하기만 했다. 벌써 세 번째였으니까. 시간은 이미 두 시간이 지나고 있었다. 그리고 실눈을 뜨고 봐야 하는 콜로라도의 황망한 태양빛으로 인해 도로는 섭씨 47.7도라는 믿을 수 없는 온도를 기록하고 있었다. 거의 탈진 일보 직전이었다. 처음과 두 번째에는 수리에 집중했지만 이번엔 원인을 철저히 조사했다. 결국 찾아냈다. 그건 내가 수리를 잘못했던 것이 아니라 도로 위의 강한 가시들이 날카롭게 타이어를 파고들어 튜브의 바람을 빼 버린 것이었다. 어디서부터 왔는지 도통 알 수 없는 가시들이 도로 위에 모습을 감춘 채 날카로운 가시만 드러내며 어지럽게 널려 있었던 것이다. 자전거로는 도저히 지나갈 수 없는 그런 길이었다. 이미 자전거의 앞바퀴와 뒷바퀴 모두 펑크가 난 상태이고, 한두 곳이면 펑크 패치로 때울 수 있었지만 너무 여러 군데 생채기가 난 바람에 더 이상 갈아 끼울 튜브도 없었다. 망연자실해서 그냥 울고 싶어졌다. 눈을 지그시 감고 크게 한 번 호흡을 가다듬은 후 허공에 대고 쩌렁쩌렁 울리도록 외쳤다. "이거 너무하잖아!" 결국 히치바이킹[•]을 시도하는 수밖에 없었다.

도로로 나갔다. 미국이란 나라를 경험하면서 이런 난처한 상황에도 전혀 풀이 죽거나 절망할 필요가 없음을 알고 있었기에 힘차게 손을 흔들었다. 인간 최대의 존엄성은 '반응'이라고 C. S. 루이스가 그랬던가. 사람과 사람 사이의 반응에서부터 서로에 대한 작은 인연이 시작되기에 내 앞에 멈춰 준 흰색 밴에 무한한 감사를 느꼈다. 누군가 내 동작에 반응을 보인 것이다. 창 너머

• 히치바이킹 | 자전거 여행자가 지나가는 자동차를 얻어 타는 일.

로 보니 백발에 머리가 짧은 할머니였다. 여차여차 사정을 설명하니 할머니께선 흔쾌히 자전거를 싣게 해 주셨고, 펑크 문제는 일단락될 수 있었다. 나로서는 참 난감하고 무력했던 두 시간이었다.

"그랬군요. 여기 도로 사정이 안 좋긴 해요. 차들도 이 길을 계속 지나면 타이어가 성치 않은데 자전거는 오죽하겠어요?"

할머니는 인자한 웃음으로 나를 위로해 주었다. 자신을 메리(Mary)라고 소개한 그녀는 올해 나이 쉰아홉. 그녀 덕분에 마음이 많이 풀어졌다. 불행이 나에게만 닥치진 않았다는 점은 어떤 면에선 이기적이지만 위로가 된다. 펑크를 수리할 만한 가게를 찾기로 했다. 하지만 콜로라도의 황량한 벌판에 일 년에 고작 몇 대가 지나갈까 말까 하는 자전거 여행자를 위한 가게가 있을 리 없었다. 월마트에도 없었다. 혹시 몰라 들른 자동차 정비소에도 자전거 여행자에게 조금이나마 희망을 안겨 줄 만한 요소는 보이지 않았다. 그래도 메리는 여전히 웃었다. 그러니 내가 웃어른 앞에서 감히 인상을 찌푸릴 수도 없는 노릇이었다. 두 시간을 길 위에서 허비했고 그녀도 고생을 너무 많이 한 것 같았다.

"저, 이제 괜찮으니 여기서 내려 주시면 어떻게든 알아서 갈게요. 저 때문에 시간이 많이 지체되었잖아요."

"아니에요. 난 괜찮아요. 더군다나 여기서 내리면 어떻게 갈려구? 그리고 벌써 3시가 넘었는데 식사도 안 했죠? 일단 식사부터 하러 갑시다."

순간 나는 생각했다. '천사구나.' 배고플 때 식사 얘기 꺼내면서 웃는 사람은 다 천사로 보인다. 인간의 본성 중 환경설이 상당한 설득력을 갖는 게 이것이다. 난 세계 일주를 떠나오면서 명예나 권력이 드높은 사람과 그저 악수를 나누는 것보다 배고플 때 식사 한 끼 청하는 인격체를 만나는 것의 감격스러움을 몸소 체험하고 있었다.

웬디에서 햄버거 세트 메뉴로 일단 시장하던 배를 급히 채웠다. 그런 후 도저히 방법이 없는 상황에서도 평정을 잃지 않으려고 노력 중이었다. 그때 다시 한 번 천사의 음성이 내 마음을 부드럽게 두드려 댔다. 그녀가 아예 덴버까지 데려다 주기로 한 것이다. 지금까지 두 시간 넘도록 도로에서 시간을 허비하고 점심까지 챙겨 준 것도 모자라 덴버까지 데려다 준다니! 사실 나로서도 딱히 방법이 없어서 미안하긴 했지만 그 제안에 고마움을 숨기지 않았다.

다시 차를 타고 덴버로 가기로 했다. 펑크 난 지점과 덴버까지의 거리는 약 60킬로미터 정도. 저녁 늦게나 도착할 곳을 오후에 도착하게 되는 것이다. 운전을 하던 그녀가 갑자기 나를 힐끗 보더니 웃으며 물었다.

"나 어떤 거 같아요?"

"네?"

"내가 어떻게 보이냐구요."

메리는 어떤 대답을 기대하는 걸까? 고민을 하다 좋은 말을 짬뽕으로다가 믹스시켜 열거했다.

"친절하고 명랑한 것 같구요. 나이에 비해 젊은 마인드를 가지신 것 같아요. 또……."

"내가 그렇게 보여요? 그렇다면 고맙군요. 근데 나……."

그녀는 잠시 뜸을 들였다. 그리고 뭔지 모를 알싸한 표정으로 한숨을 쉬더니 충격적인 발언을 쏟아냈다.

"나, 실은 암 환자예요."

"네? 뭐라구요?"

깜짝 놀란 나는 어안이 벙벙해서 그녀를 바라보았다. 그녀는 나와 시선을 맞추더니 다시 웃으면서 말을 이어 갔다.

"몰랐죠? 그렇게 안 보이죠? 아마 그럴 거예요. 6개월 전에 종양 제거 수술을 받았어요. 그리고 18일 후에 다시 2차 수술이 예정돼 있죠. 그래서 지금은 딸이 집으로 와서 절 간호해 주고 있어요. 다행히 생명까지 지장을 줄 정도는 아니라서 운전 정도는 할 수 있거든요. 참 감사해요. 처음 암이라는 진단을 받았을 땐 놀라기도 했지만, 신이 이것을 통해 나에게 뭔가 비밀한 일을 말하는 거구나 느꼈거든요. 정말로 솔직히 단 한 번도 좌절하지 않았어요. 기특하게도 그런 마음을 아는지 딸들도 동요하지 않더군요. 그리고 늘 감사하려고 애썼어요. 그리고 많이 웃고요. 일요일에 교회에 가더라도 환자가 벼슬인 양 흐리멍덩하게 있지 않고 성가대나 봉사 활동을 하면서 남들과 똑같이 해 왔어요. 1차 수술도 성공적이었고, 2차 역시 그렇게 될 거라 확신해요. 아직 일어나지도 않은 일에 미리 부정적일 필요는 없잖아요? 우리 인생의 가능성이 얼만데."

충격이었다. 메리가 암 환자라니……. 허를 찔리는 기분이었다. 이것은 CSI 수사대가 면밀히 조사한다고 해도 도저히 눈치챌 수 없는 진심을 담은 행동이거나 그렇지 않거든 완벽한 연기여야 했다. 그녀에게선 처음 나와 마주치던 순간부터 만난 지 이제 거의 세 시간이 다 되어 가는 지금까지 전혀 암 환자의 기색을 찾아볼 수 없었다. 아무리 저주받은 센스를 장착했다지만 이것은 놀라움 그 자체였다. 사연을 간직한 그녀의 짧은 흰머리가 이제야 조금 더 강렬하게 눈에 담겨 왔다.

암이라는 병 앞에서도 생전 처음 보는 사람에게 시종 활짝 웃음 지을 수 있는 여유, 감사하는 인생을 살고 있다는 당당한 고백, 죽음으로 치달을 수 있는 병 앞에서도 인생의 가능성을 더 크게 바라보며 담담하게 부딪치는 모습에 한 번 더 뒤통수를 망치로 맞은 기분이었다. 메리는 이런 내 표정이 재미있었는지 도리어 더 크게 웃었다. 또 한 번 머리를 스치는 생각이 있었다.

'그녀는 이미 천사구나.'

그녀는 심각한 병 얘기보다는 그 병으로 인해 어떻게 딸과 더 가까워질 수 있었는지, 그것이 자신의 인생에 어떠한 변곡점을 만들어 주었는지에 대해 말해 주었다. 이를테면 암이라는 병 하나가 그녀에게 삶을 더 소중히 가꿀 수 있는 계기를 마련해 준 것이다. 진지한 얘기를 이토록 수다 떨듯 얘기하는 그녀와 그녀의 말을 주워 담는 철부지 남자. 쉽게 생각하고 더 쉽게 행동하는 나란 녀석이 암이라는 진단을 받았다면 아마 세상의 모든 불행의 십자가는 다 짊어진 듯 모든 동정을 그러모아 위로를 받으려고 했을 텐데…….

참으로 다양한 사람을 많이 만나 봤지만 메리는 지금까지 만나 봤던 이들 중 가장 아름다운 인생을 살고 있는 낙천주의자임이 분명해 보였다. 이윽고 차는 덴버에 도착했고, 그녀가 먼저 팔을 벌려 뜨겁게 포옹해 주며 나와의 아쉬운 작별을 고했다. 그녀의 품은 따뜻했고 아직 환한 미소를 지을 날이 훨씬 많다는 걸 깨달았다. 그저 감사히 도움을 준 사람으로 기억될 뻔한 사람과의 헤어짐이 왜 이렇게 가슴 시린지……. 어쩌면 이게 다 메리 때문이다. '축복은 기쁘게, 시험은 감사하게' 여기는 자전거 여행의 계속되는 도전의 모티브 말이다.

그녀가 차를 몰고 다시 돌아갈 때는 아름다운 누군가의 뒷모습을 볼 수 있다는 게 너무 좋았다. 그리고 자전거 여행을 결심한 건 정말 잘한 일이라고 혼자서 뭔가 강렬한 깨달음을 얻은 듯 흡족해 했다.

후에 보니 메리라는 이름은 '성모 마리아'라는 뜻이었다. 그녀를 다시금 마음에서 꺼내 생각하니 괜스레 입가에 미소가 번진다.

《라이딩 in 아메리카》(넥서스북스, 2008)

:: **생각해 보기**

1 메리는 암에 걸리고 나서 어떻게 바뀌었나요?

2 '축복은 기쁘게, 시험은 감사하게'라는 자전거 여행의 도전 동기
가 무엇을 뜻하는지 생각해 보세요.

길 위에 시간이 펼쳐지고 시간 속으로 길들이 이어진다.
눈앞에 걸어야 할 길과 만나야 할 시간들이 펼쳐져 있는
사실만으로 여행자는 충분히 행복하다.

– 곽재구

불만 여행자, 행복 암 환자를 만나다 • 129

✛ 울릉도 해안

2

우리의 가을도
태풍 뒤에 온다

김선미

아찔아찔 해안 일주, 버스는 달린다

울릉도의 총 44.2킬로미터에 이르는 해안 일주 도로 가운데 39.8킬로미터만 찻길이 개통되어 있었다. 내수전에서 섬목에 이르는 4.4킬로미터 구간이 마저 개통되면 자동차로 섬을 순환할 수 있게 된다고 한다. 하지만 이 구간은 예산 부족과 환경 파괴에 대한 우려 때문에 공사가 중단되어 있었다. 그래서 울릉도에서는 육지로 연결되는 통로인 도동항에서 먼 곳일수록, 특히 섬의 서북쪽 마을이 상대적으로 덜 개발된 편이었다.

관광객들도 섬의 북쪽을 여행하려면 먼 거리를 자동차로 이동했다가 그 길을 고스란히 되돌아와야 한다. 제일 좋은 방법은 도동에서 성인봉 등산로를 이용해 산을 넘은 다음, 나리분지에서 차를 타고 섬을 에돌아 나오는 것이다. 나 역시 이 문제 때문에 일정을 짜는 데 애를 먹었다. 어차피 성인봉 등산을 한다면 남쪽에서 북쪽으로 산을 넘는 종주가 제일 좋았다. 하지만 야영 장비를 짊어지고 산을 넘는 일은 너무 고될 것 같았다. 남편과 나 둘뿐이라면 당연히 그 방법을 택했을 것이다. 산을 넘은 다음에는 아예 걸어서 해안 일주를 하자고 했을 것이다. 하지만 모든 걸 우리 기준으로 고집할 수는 없었다.

"내가 택배도 다 알아봤다니까. 우리가 산을 넘는 동안 짐을 반대편으로 보내 주는 서비스가 있나 해서."

하지만 울릉도는 내가 생각하는 육지와는 사정이 달랐다. 섬 안에서도 가장 오지인 나리동은 택배 차량도 이틀에 한 번씩만 들어간다고 했다. 아이들은 엄마의 계획이 무산된 게 천만다행이라고 생각했다.

어차피 한번에 울릉도의 모든 걸 누리겠다는 것은 말도 안 되는 욕심이었다. 선택과 집중, 이것은 여행을 알차게 만드는 데도 중요한 기술이다. 그래서 우리의 첫 울릉도 여행은 나리분지 야영에 우선순위를 두기로 했다.

울릉도에서 유일한 평지인 나리동은 화산이 만든 분화구 안에 있는 마을이다. 예쁜 마을 이름은 나리꽃이 많아서 붙여진 것이다. 동해의 망망대해 위에 뜬 화산섬, 깊은 산 분화구 속에 텐트를 친다는 것만으로도 충분히 가슴 설레는 일이었다. 나리동으로 가려면 섬의 북쪽, 노선버스의 종점인 천부리에서 다시 소형 승합차로 갈아타야 했다. 섬을 일주하는 울릉도의 정기 노선버스도 도시의 마을버스 크기였다.

"버스 온다!"

사동에서 올라탄 버스는 초만원이었다. 그런 데다 우리 네 사
람 등짐의 부피가 만만치 않아서 남들에게 눈치가 보일 지경이
었다. 승객의 절반 이상이 피서객들이고, 섬 주민은 노인들 몇
명이 전부였다. 우리가 출입문 앞에 매달리듯 서서, 사람이 내릴
때마다 몇 번씩 내렸다 타기를 반복하는 동안 차츰 버스 안이 한
산해졌다.

"와, 이렇게 사람 많은 버스 처음이야!"

아이들은 콩나물시루 같은 버스에서 고생을 하면서도 재미있
어 했다. 평소 아이들이 학교 수업이 끝나고 집으로 돌아올 때
이용하는 버스는 혼자서 타고 내리는 적이 많을 정도로 한산했
기 때문이다. 엄마 아빠 학창 시절, 버스 차장의 완력으로 간신
히 문을 닫고서 달려가던 추억의 만원 버스를 체험하는 양, 아이
들은 신기한 놀이쯤으로 받아들이는 것 같았다. 일부러 버스 타
기를 잘한 것 같았다. 땀 냄새 묻어나는 사람들이 뱉어 내는 사
투리도 정겹기만 했다. 자가용을 탔더라면 절대 느껴 보지 못할
것들이었다.

그런데 미니버스는 좁은 실내에 사람을 가득 태우고는 곡예
운행까지 했다. 가파른 언덕을 거슬러 올라가서는 벼랑을 따라
절벽에 매달린 듯 걸려 있는 길로 달려가는데, 자칫 바다로 곤두
박질칠 것 같았다. 울릉도는 성인봉을 중심으로 온 사면이 가팔

라서 나리분지를 제외하고는 평지가 하나도 없었다. 절벽에 아슬아슬 매달린 모양으로 길을 낼 수밖에 없는 지형이다. 우리는 버스가 아니라 놀이동산에 있는 아찔한 놀이 기구에 올라탄 기분이었다. 창밖으로는 바다 위에 떠 있는 거북바위, 사자암, 곰바위, 만물상, 코끼리바위 같은 기암들이 차례로 선을 보여, 마치 해상 동물원을 유람하는 사파리카 같기도 했다. 차멀미는 끼어들 틈조차 없었다. 창밖으로 펼쳐지는 아름다운 경치 때문에 눈이 멀미를 한다면 모를까.

"어디까지 가세요?"

우리의 행색을 유심히 보던 버스 기사가 한가해진 틈에 물었다.

"나리동 가서 야영하려고요. 내수전에서 해수욕하려고 했는데 파도가 너무 세서요."

"야영이요?"

기사는 흔치 않은 관광객이란 반응을 보이더니 곧바로 귀한 정보를 알려 주었다.

"해수욕은 천부에 가면 더 좋은 데가 있습니다. 애들 데리고 실컷 물놀이하다가 나리동엔 천천히 들어가세요."

파도는 걱정하지 말라고 했다. 신기한 일이었다. 섬을 반 바퀴쯤 돌아 북쪽 해안을 따라 달릴 즈음, 정말이지 믿기지 않을 정도로 바다가 잔잔해져 있었다. 울릉도 동남쪽 먼 바다에서 밀려오고 있는 태풍의 영향력이 섬의 반대편에는 아직 미치지 않은 모양이었다. 전혀 다른 세상에 온 것 같았다. 살아가는 동안에도 이렇게 숨겨진 삶의 이면을 만나 깜짝 놀라게 될 때가 종종 있다. 그때마다 세상을 크게, 넓게 보지 못하고 조급하게 다그치다가 후회한 적이 얼마나 많았던가.

버스는 우리를 종점인 천부에 내려 주었다. 울릉도 북면, 천부항이 있는 마을이다. 조선 시대에는 일본 사람들이 와서 배를 만들어 고기를 잡고, 섬에 있는 진귀한 나무들을 실어 나르기도 하던 왜선창이 있었다고 한다.

한낮의 포구는 뜨겁고 적막했다. 바닷가 노천 수영장이 쇠락한 항구 대신 북적이고 있었다. 천부리에서 만들어 놓은 마을 수영장은 고급 호텔이 부럽지 않은 빼어난 경치의 야외 풀이었다. 바닷물을 가두어 어린아이들 놀기에 안성맞춤으로 만들어 놓았는데, 맞은편으로는 추산의 송곳봉이 병풍처럼 서 있고, 다른 쪽은 바다를 향해 탁 트여 있었다. 계단식으로 만들어진 수영장은 바다 쪽으로 갈수록 점점 수심이 깊어지는데, 마지막 풀에서는 곧장 바다로 나갈 수 있었다.

"너무 멋지다!"

아이들은 감탄했다. 나 역시 사전에 공부한 울릉도 여행 자료 어디에서도 찾지 못했던 곳이어서 기뻤다. 친절한 기사님 덕분에 섬사람들만 아는 숨겨진 보물을 누리게 된 것이다. 우리는 언제 태풍을 걱정했느냐는 듯 순한 바다에 풍덩 몸을 담갔다. 동해가 아니라 태평양 가장자리에 몸을 담갔다는 생각이 들었다.

+ 천부리 노천 수영장

천부에서 만난 섬사람

울릉도에서 우리는 온전한 배낭여행객이었다. 남편이 65리터, 내가 40리터 배낭을 메고 아이들이 각자 20리터들이 배낭을 멨다. 그리고 바퀴가 달린 커다란 카고백 하나 더. 이것이 우리 가족이 울릉도에서 사나흘간 먹고 자는 데 필요한 최소한의 짐이었다. 텐트와 매트리스, 침낭, 그리고 쿠킹 세트와 옷가지가 전부였다. 그나마 여름이어서 짐의 부피와 중량을 줄일 수 있었다.

사실 살아가는 데 필요한 것들이 이보다 그리 많지는 않을 것이다. 우리는 그동안 언젠가는 꼭 필요할지도 모른다는 강박관념 때문에 쓸데없이 쌓아 놓고 먼지만 쌓여 가는 물건들을 얼마나 많이 가지고 있었던가. 이렇게 배낭 하나로 해결될 만큼 사는 게 단출하면 좋겠다. 하지만 한낮의 뜨거운 길 위에선 이 배낭마저도 무거웠다.

아이들과 함께 배낭을 메고 길을 걸으면 주목을 받게 된다. 자동차 없이 아이들을 데리고 여행하는 일이 그만큼 쉽지 않은 일로 여겨지는 모양이다. 사람들은 버스에서 내린 우리 가족을 예사롭지 않게 보았다. 더구나 천부리 수영장에서 섬사람이 아닌 여행자는 우리뿐인 것 같았다.

"어디서 오셨습니까?"로 시작해서 "오늘 어디서 묵으십니까?"로 이어지는 한 남자의 질문. 사내아이 둘을 데리고 물놀이를 나온 섬 주민은 남편과 몇 마디 이야기를 주고받더니 곧바로 호의를 보였다. 우리의 일정에 울릉도의 진짜 비경들이 빠져 있다며 길 안내를 자청한 것이다.

도동 읍내에서 어린이집을 운영한다는 사내는 아내와 아이들이 물놀이를 즐기는 동안 우리 가족을 태우고 석포 전망대를 거쳐 섬목까지 드라이브에 나섰다. 해안 일주 도로 공사가 중단된 종착점까지 우리를 데리고 간 것이다.

"저기 보이는 게 삼선암입니다. 선녀가 목욕하려 내려왔다가 울릉도에 반해서 하늘로 돌아가지 못하고 바위로 변했답니다. 어떻게, 선녀처럼 보입니까?"

울릉도 3대 절경 가운데 최고로 손꼽힌다는 바위였다.

"저 섬은 관음도인데 깍새*가 많이 살아 섬사람들은 깍새섬이라고 불렀습니다. 울릉도에서 두 번째로 큰 무인도죠. 저 안에 있는 쌍굴이 진짜 멋있습니다. 옛날엔 해적들 소굴이었다죠."

그는 섬목 해안의 빼어난 경치들을 가리키며 관광 해설사처럼 친절하게 설명해 주었다. 그 한마디 한마디에 섬에 대한 애정과 자부심이 흠뻑 묻어나는 것을 느낄 수 있었다. 아이들은 특히 '해적'과 '무인도'라는 말에 눈을 반짝였다. 마치 어드벤처 영화 속으로 빨려 들어온 기분이랄까. 우리가 정말 육지에서 멀리 와 있다는 것을 실감하게 하는 말이었다.

"정말 바다 색깔이 너무 예뻐요."

섬목 해안의 물빛은 에메랄드처럼 반짝였다. 석포 동쪽의 산줄기가 바다로 뻗어 나가다가 끊어져 관음도를 사이에 두고 뱃길이 생긴 곳이었다. 섬목은 섬의 목과 같이 생겼다는 뜻이다. 좁은 바위벼랑 사이로 바닷물이 드나들다 보니 물살이 요동칠 수밖에 없었다. 푸른 물빛에 세차게 부서지는 파도는 희다 못해 눈이 부셨다.

"저 색깔일 때는 아름답죠. 하지만 점점 짙어지면 무서워요."

그는 스쳐 지나가는 여행객들이 보는 바다의 겉모습이 아니라 삶의 터전으로 부대끼는 바다의 참모습을 알고 있었다. 사내는 청년 시절 부푼 꿈을 안고 육지로 나갔다가 결국 고향 바다로 돌아온 사람이었다. 그와의 짧은 만남 덕분에 섬사람들의 삶을 좌지우지하는 애환의 바다에 대해 조금이나마 이해할 수 있을 것 같았다. 울릉도와 육지를 잇는 뱃길이 편해진 것이 달갑지만은 않다는 섬사람들의 속내도 가슴 짠하게 다가왔다. 육지 관광객이 늘어나는 것보다 섬을 떠나는 인구가 눈에 띄게 더 많아졌기 때문이다. 80년대 초 최고 3만 명에 달했던 섬 주민이 이제는 8천 명으로 줄었다고 한다. 순간 아까 버스 기사가 "A급은 다 떠나고 섬에 남은 것은 B급들뿐"이라고 자조 섞인 목소리로 내뱉었던 말이 씁쓸하게 떠올랐다. 하지만 나는 도시로 나갔다가 다시 섬으로 돌아온 이 사내가 결코 'B급'으로 보이지 않았다. 어디에 뿌리를 내리든 자기 몫을 다한 삶에 대해 만족하면서 살면 되는 것이지, 화려한 도시와 궁벽한 섬마을에 있는 인생을 누구도 함부로 'A급, B급'으로 갈라놓을 수는 없는 노릇이다.

"정말 고맙습니다."

우리 가족 모두는 섬 사내가 보여 준 호의에 허리 굽혀 인사했다. 가슴 깊은 곳에서 우러나오는 감사 인사 말고는 달리 보답할 게 없다는 사실이 우리를 너무 안타깝게 했다. 하지만 한편으론 우리가 그에게 남을 행복하게 해 주었다는 기쁨을 선물한 것일 수도 있겠다고 생각했다.

"엄마, 저 아저씨 진짜 너무 친절하다."

낯선 이의 호의에 아이들은 아름다운 섬의 풍경보다 더 강렬

• 깍새(=슴새) | 몸길이 약 49센티미터, 윗면은 검은빛이 도는 갈색이고 이마와 옆머리와 목은 흰색 바탕에 검정색 세로줄무늬가 있다. 아랫면은 흰색이다. 1세기 전까지만 해도 울릉도 나리동 분지에서는 저녁이면 하늘이 보이지 않을 정도로 큰 무리를 짓고 다녔으나 사람들이 마구 잡아들여 지금은 매우 보기 어렵다.

한 인상을 받았다.

"기분 좋지? 너희도 남한테 그런 사람이 되면 되는 거야."

아이들은 여행을 통해, 받는 즐거움보다 주는 즐거움이 더 크다는 것도 배우게 될 것이다. 남에게 도움 받는 것을 꺼리고 차라리 돈으로 서비스를 사는 게 마음 편하다고 생각하는, 지나치게 깔끔한 태도가 오히려 세상을 삭막하게 만들 수 있다. 여행지에선 사람들 속으로 깊숙이 들어갈수록 인정 넘치는 따뜻한 관계를 맺을 기회도 많아진다.

무위당 장일순 선생은 남에게 받은 은혜에 대한 감사의 마음을 꼭 당사자에게만 돌려줄 필요가 없다고 했다. "인사는 옆으로나 뒤로 해도 되는 것."이라던 선생의 가르침이 생각났다. 우리가 울릉도에서 받은 친절은 언제 어디서고 다른 사람에게 베풀면 그것으로 세상이 이롭게 되는 것이다. 모두가 우리에게 자동차가 없었기 때문에 겪을 수 있었던 특별한 경험이었다. 예기치 못한 만남과 소통, 여행의 묘미는 여기에 있는 게 아닐까.

별똥별 쏟아지는 나리분지

나리분지는 섬 속에 있는 또 다른 섬이었다. 대개의 섬이 육지에서 고립된 곳이라면, 나리분지는 울릉도 안에서 유일하게 바다에서 고립된 '섬'이라 할 수 있다. 동서로 1.5킬로미터, 남북으로 2킬로미터에 이른다는 나리동의 평탄한 땅은 분화구 안에 용암이 흘러내려 굳으면서 만들어진 것이다. 그러나 사방을 병풍처럼 두른 푸른 산줄기들의 품에 안긴 마을에서, 붉은 화산이 폭발하던 시대는 까마득한 별나라 이야기처럼 들렸다. 대신 이 마을에 정착한 사람들이 섬말나리꽃의 뿌리를 캐 먹고 살았다는 이야기는 실감이 났다. 나리동으로 올라오는 가파른 길목 어디에나 주황색 나리꽃이 활짝 피어 있었기 때문이다.

야영장은 마을에서 외따로 떨어진 숲 속에 있었다. 갖가지 이름 모를 풀들로 빽빽하게 수를 놓은 초록색 카펫 같은 풀밭을 보자 그대로 뒹굴고 싶어졌다. 야영장 바닥을 수북하게 뒤덮은 풀들의 기세를 보니 찾는 사람들이 많지 않은 모양이다. 일 년 중 야영객이 가장 많은 여름철인데도 풀들은 전혀 기가 죽지 않았다. 무성한 풀들을 짓누르고 텐트를 쳐야 한다는 게 미안할 지경이었다. 아무리 인위적으로 만들어 놓은 야영장이라고 해도 자연의 입장에서 인간은 언제나 침략자인 셈이다.

"여보, 여기 좀 꽉 잡고 있어. 날아가니까 조심해."

평소 같으면 남편 혼자 거뜬히 텐트를 치고도 남았다. 아이들은 텐트 안에서 짐 정리를 하고 나는 식사 준비를 하는 것으로 자연스럽게 분업이 이루어졌을 것이다. 그런데 오늘은 사정이 달랐다. 바람 때문이었다. 텐트를 펼쳐 놓기 무섭게 불어닥치는 바람 탓에 텐트 자락이 깃발처럼 나부꼈다. 무거운 돌멩이를 찾으러 가는 사이 알루미늄 팩이 뽑혀 바람에 날아가기도 했다. 탁자 위에 올려놓은 물건들도 사정없이 굴러떨어졌다. 결국 아이들과 나는 날아가는 물건들을 붙잡으러 이리저리 뛰어다녀야 했다. 텐트 역시 힘을 합쳐 네 귀퉁이를 꼭 붙잡고 있어야 겨우 한 곳씩 차례대로 고정시킬 수 있었다.

"진짜 태풍이 오나 봐!"

아이들은 겁이 나기보다는 놀라운 경험을 기대하는 듯했다.

"저기 학생들이 그러는데 어젯밤에도 바람이 장난이 아니었대. 팩을 튼튼하게 박으라고 하더라고."

나는 물을 뜨러 갔다가 만난 옆 텐트 이웃들의 경험담을 들려주었다.

"섬이니까 이 정도 바람은 기본이겠지. 뭐."

남편은 오히려 담담했다.

"아빠, 밤에 비 오면 어떻게 하지?"

그래도 아이들은 바람이 심상치 않다고 느낀 모양이었다.

"뭘 어떻게 해. 비 오면 더 아늑하고 좋지. 우리 텐트가 물이 새는 것도 아닌데 무슨 걱정이야."

"그래도 내일 산에 갈 땐 비 안 왔으면 좋겠다."

"에이, 저 별 좀 봐. 비는 무슨 비!"

바람은 들짐승이 울부짖는 것처럼 사나웠지만 하늘은 깨끗하게 개어 있었다. 어느새 하나둘 초저녁 별들이 떠오르고 있었다. 버너의 불꽃 때문에 저녁 식사 자리를 통나무로 지은 취사장 안으로 피신한 것 말고는, 대체로 견딜 만한 바람이었다. 울릉도에서 자생하는 무공해 약초를 먹고 자랐다는 약소고기를 맛나게 구워 먹은 것도 마음을 든든하게 만들었다. 이제 아무리 모진 바

람이 불어도 끄떡없을 것 같았다. 배가 부르면 근심과 걱정거리
도 쉽게 잊는 법이다.

야영장에는 우리를 포함해 모두 세 팀이 있었다. 포항에서 차
를 싣고 들어왔다는 연인 한 쌍은 야영 장비로는 호텔 수준의 텐
트를 설치해 놓고 여유롭게 섬을 즐기고 있었다. 일주일 동안 나
리분지에 세운 텐트를 베이스캠프 삼아 날마다 섬 구석구석을
돌아다닌다고 했다. 다른 한 팀은 보름 일정으로 울릉도 탐사를
나온 교원대학교 지리교육과 학생들이었다. 학생들이다 보니 텐
트와 장비들이 옹색하기 짝이 없었다. 침낭 대신 담요를, 야외용
조리 기구 대신 자취방에서 쓰는 냄비를 그대로 가져왔지만, 젊
음 그 자체만으로 광채가 나는 이들이었다. 더구나 여름 캠핑장
에서 흔히 만나는 소란스런 젊은 행락객들과는 달리 학술 연구
모임답게 밤이 깊도록 진지하게 토론하는 모습이 믿음직스러웠
다. 우리는 서로 처지와 조건은 달랐지만 오늘 밤만은 나리 야영
장이 맺어 준 한 식구들이었다.

밤이 깊어지자 바람이 더 거세어졌다. 텐트 안에 있으면 플라
이가 찢어질 듯 펄럭이는 소리 때문에 무시무시했다. 우리는 차
라리 밖으로 나와 평상 위에 매트리스를 깔고 눕기로 했다.

"밖이 더 조용하다!"

나무들은 머리채를 흔들며 격렬한 춤을 추는 듯했다. 그래도
평상에 누워 하늘을 바라보니 나뭇가지들 사이로 드러나는 밤하
늘은 맑았다. 귓가에서 펄럭이는 텐트 자락 소리보다는 나뭇가지

를 흔드는 바람 소리가 나왔다. 처음엔 난해한 헤비메탈 음악 같던 그 소리도 차츰 거대한 오케스트라의 울림처럼 편안해졌다.

"유성이다. 봤어?"

한바라의 말이 떨어지기가 무섭게 남편이 말했다.

"어, 저기도 떨어진다."

그날 밤 하늘에서는 사자자리 유성우가 쏟아지는 우주 쇼가 있었다. 깊은 밤 나리분지에는 별똥별이 비처럼 쏟아졌다. 바람은 이제 환희에 가득 찬 축포 소리와 함께 울려 퍼지는 차이코프스키의 〈1812년 서곡〉*을 연주하는 것 같았다.

"소원 빌었어?"

남편이 한바라에게 물었다.

"아니, 너무 빨리 떨어져서……."

안타까워하는 한바라에게 나는 이렇게 일러 주었다.

"그럼, 다음 거 볼 땐 '유성 많이 보게 해 주세요.' 하고 빌어."

그날 밤 눈이 맑은 한바라가 가장 많은 별똥별을 보았다.

구름 위로 올라 성인봉을 오르다

오늘은 성인봉에 올라가기로 했다. 그런데 성인봉에는 정말 꽃이 많이 피나 보다. 100미터 당 꽃 안내판이 있었다. 가다 보니 투막집*이 있었다. 실제로 투막집은 처음 봤다. 투막집에서 더 올라가 보니 신령수가 나왔다. 신령수가 나오는 곳을 세련되게 꾸며 놓

왔다. 성인봉에서 물 없으면 고생한다고 했다. 신령수에서 한~~
~~~~~~~~~~~~참 걸으니 계단이 나왔다. 몇백 개 올라가니 전
망대가 나왔는데, 전망이 정말 좋았다. 전망대에서 1400 몇 개 올
라가니 정상이었다. 산에서 내려오니 다리가 후들거렸다.

－ 2007년 8월 14일, 한바라의 일기 중에서

산을 오를 때마다 항상 느끼는 것이지만 같은 산을 같은 코스
로 올라도 저마다 다른 길을 걷고 있다는 느낌이 든다. 한바라가
보여 준 방학 숙제용 일기장 속에서도 마찬가지였다. 특히 등산
로에 깔린 지루한 계단을 하나하나 세어 보려고 했었다는 게 재
미있다. 산행 코스를 비교적 정확하게 기억해 내고 있는 것도 놀
라웠다.

마로는 어땠을까. 중학생이 된 마로의 일기장은 당연히 비공
개니까 직접 물어볼 수밖에 없었다.

"넌 뭐가 제일 기억에 남아?"

딸의 대답은 전혀 뜻밖이었다.

"난 그냥 혼자 걷는 게 좋아서 빨리 앞질러 간 건데, 아빠가 화

• 차이코프스키의 〈1812년 서곡〉 | 차이코프스키가 나폴레옹 군대의 러시아 공격 실패를
기념하여 작곡한 서곡. 작품 내 일련의 대포 발사 시퀀스가 유명한데, 야외에서나 혹은
야외 축제에서 공연할 때 진짜 대포를 발사하기도 한다.
• 투막집 | 울릉도의 통나무집. 방은 세 개 정도이며, 집 둘레에 옥수숫대로 촘촘히 엮은
울타리를 처마 높이만큼 바싹 두른다.

낸 거."

산길은 가파르고 날은 무더웠다. 그래도 두 아이 모두 별 투정 없이 잘도 올라간다 싶었다. 그런데 마로는 그곳이 어느 곳이든 여전히 음악을 들으며 혼자 걷는 것 자체를 즐기고 있었다. 하지만 같이 있는 순간을 즐기고 싶은 게 부모 욕심이다. 더구나 가족과 함께 휴가를 보내기 위해 며칠씩 야근을 하고, 집에까지 일감을 싸 들고 돌아와야 했던 남편은 그런 욕구가 더 강했을 것이다. 그러니 아무 말도 하지 않고 혼자서 내내 앞질러 가는 딸아이를 보고 "너, 뭐 기분 나쁜 거 있니?" 하면서 자꾸 불러 세우고 말을 걸 수밖에.

딸은 공상에 빠진 자신을 방해하는 아빠가 귀찮았고, 남편은 부모와 벽을 쌓는 것 같은 딸의 태도가 마뜩찮았다. 울릉도에 도착해서부터 내내 소녀들만의 시니컬한 표정으로, 모든 게 심드렁하다는 듯 구는 모습도 남편의 심기를 불편하게 했다.

"도대체 쟤는 왜 그래. 요새 무슨 불만이 그렇게 많아? 어디 사춘기 딸내미 무서워서 같이 다니겠나?"

나는 남편에게 이런 말을 듣는 데도 익숙해졌다. 그래도 내가 할 수 있는 말이란 고작 이런 것뿐이었다.

"그냥 둬. 우린 저 나이 때 안 그랬나?"

얼마 전 나와 똑같이 딸 둘을 키우는 친구가 《비폭력 대화》라는 책을 선물해 주었다. 책장을 몇 장 안 넘겼는데, 그다지 진도가 나가지 않아 그냥 덮어 두었다. 갑자기 그 책 제목이 떠올랐다. 처음엔 너무 당연한 이야기를 하고 있다는 느낌이었는데, 생각해 보면 가장 쉽고 기본적인 원칙이기 때문에 실천하기 힘든 것이겠구나 싶었다. 가까운 사이일수록 더욱 그럴 것이다. 우리는 자기가 진심으로 원하는 것이 무엇인지를 정확히 알지도 못하고, 안다고 해도 그걸 솔직하게 표현하는 데 너무 서툴다. 그래서 상대에게 내뱉는 말이 진심과 달리 폭력적이게 된다. 책은 그런 장벽을 넘어서서 진심으로 대화하는 평화로운 방법에 대해 가르쳐 주려고 하고 있었다. 나는 집에 돌아가 그 책을 다시 읽어야겠다고 생각했다.

'우리는 너랑 오랫동안 같이 있고 싶고, 많은 이야기를 나누고 싶어. 여행 떠나면서 내내 그걸 기대했는데 네가 혼자만 있으려고 해서 엄마 아빠는 슬퍼. 우리 곁에서 네가 점점 멀어지는 것 같아 외로워.'

솔직히 말하자면 "너 왜 그래?", "뭐가 불만이야!" 이런 식으로 내뱉는 부모의 말들은 모두 이런 속뜻을 담고 있는 것이다. 그렇게 말했다면 딸 역시 "내가 뭘!" 이런 식으로 대답하지도 않았을 것이다. 나는 딸과의 대화에도 마음공부가 필요한 것 같다는 생각을 하면서 산을 올랐다.

사실 우리 가족을 산으로 이끌었던 사람인 남편은 산을 오르면서 남과 대화하는 걸 좋아하지 않는다. 오히려 혼자서 오랫동안 묵묵히 산길을 걸으면서 일상에서 쌓인 육체와 정신의 피로를 씻어 내는 게 그의 유일한 건강 비결이었다. 그럼에도 망망대

해에 홀로 높이 솟구친 성인봉 산길을 오르는 내내 그는 문득 외로웠던 모양이다.

성인봉 높은 산마루는 운무에 쌓여 앞을 분간하기 힘들었다. 구름 속에 갇힌 원시림 속에서 우리는 나무 계단을 따라 더듬더듬 발을 내디뎌야 했다. 길은 알 수 없는 사람들 마음속으로 미로처럼 뻗어 있는 것 같았다. 정상 부근 울창하고 신비로운 숲의 주인이 천연기념물인 너도밤나무들이었다는 사실도 미처 깨닫지 못했다.

그래도 정상에서는 한순간 구름이 걷히며, 깜짝 쇼를 하듯 산 아래 풍경들을 보여 주었다. 푸른 바다와 옥빛 하늘 사이에 박힌 보석 같은 초록 섬, 울릉도의 속살들이 살짝 고개를 내밀었다가 이내 구름 뒤로 숨었다.

우리는 안개와 구름장 너머에 갇혀 있는 발아래 풍경들의 실체를 믿기 때문에 무사히 산을 내려갈 수 있는 것이다. 허공에 발을 내딛고 있는 것이 아니라는 사실을 알고 있기 때문이다. 우리가 서로를 믿고 사랑하는 마음도 그와 다르지 않을 것이다. 살아가는 동안 안개와 구름 낀 날들이 앞을 가리는 일은 더욱 많아지더라도 말이다.

산을 내려와서는 서둘러 섬을 탈출해야 했다. 태풍 때문에 내일은 배가 뜨지 못한다는 예고가 있었다. 도동항 선착장에는 표를 예매하지 못해 발을 동동 구르는 사람들로 아수라장이었다. 결국 독도에도 못 가고, 하룻밤 만에 울릉도를 떠나야 했다. 못내 아쉬웠다. 그래서 언제고 다시 울릉도에 오지 않을까 하는 마음을 위안 삼아 배에 올랐다.

섬으로 들어올 때보다 파도가 높았다. 배는 안전한 항로를 찾아 헤매느라 먼 길을 에돌아서 뭍으로 갔다. 진짜 태풍이 오고 있었다.

《바람과 별의 집》 (마고북스, 2008)

⏻ 독도 들어가는 방법

1. 독도 입도 신청

일반 관광객(접안 시설만 탐방 가능)인 경우 여행사를 통하거나 개별적으로 독도행 배편을 사전 예약하면 입도 신청은 완료됩니다. 관광 목적이 아닌 행사, 집회, 언론사 취재 및 촬영, 학술 조사, 체류 등의 경우에는 입도 14일 이전에 울릉군 독도 관리사무소에 온라인 및 우편으로 신청을 해야 하지만, 어민 숙소 등의 여건에 따라 입도가 불가능할 수도 있습니다.

2. 배편 예약

독도 가는 배는 울릉도 도동항과 저동항에서 출발합니다. 1일 1회 운항이 원칙이나 날씨와 파도에 영향을 많이 받으므로 부정기적으로 운항하고 있습니다.

3. 독도로 출항

독도로 가는 배에 따라 3시간에서 5시간 정도 걸립니다. 파도가 치는 날에는 배 멀미를 대비해야 합니다. 독도 입도는 접안 시설 근처에 가 봐야 결정할 수 있는데, 그 까닭은 독도에 방파제가 없기 때문입니다. 만약 입도를 못 하게 되면 독도 선회 관광으로 바뀌게 됩니다.

4. 독도 입도

관광 목적으로 입도할 경우에는 접안 시설을 벗어날 수 없습니다. 배가 정박해 있는 시간도 30분 정도밖에 되지 않고 관광 시간이 20여 분밖에 없기 때문에 가고 싶어도 갈 수가 없습니다.

1 예기치 못한 만남이 여행의 묘미가 될 수 있습니다. 글쓴이는 우
  연히 만난 울릉도 사람들에게서 무엇을 얻었나요?

2 같이 여행 간 사람과 하고 싶은 것, 먹고 싶은 것, 가고 싶은 곳 등
  이 달라서 갈등이 생겼을 때 그것을 어떻게 풀어야 좋을지 생각
  해 보세요.

> 여행할 목적지가 있다는 것은 좋은 일이다.
> 그러나 중요한 것은 목적지가 아닌 여행 자체이다.
>
> – 어슐러 K. 르귄

산티아고 순례길에서 가장 높은 몰리나세카의 철 십자가

3

머리 냄새 나는
아이

김희경

오후 세 시가 넘어 주비리(Zubiri)라는 작은 마을에 도착했다. 인적이 드문 골목에 들어서는데 마을 초입의 알베르게* 앞에서 반가운 얼굴이 눈에 띄었다. 전날 만났던 마리와 피터 부부가 등산화의 진흙을 씻어 내고 있었다. 뭘 더 생각할 것도 없이 손을 흔드는 마리를 따라 알베르게로 들어갔다. 샤워를 마치고 나오니 도중에 만났던 한국 여자가 와 있다. 내 침대 옆에 자리를 잡은 모양이었다.

"우리 이 먼 데서 만났는데 서로 이름이라도 알죠."

그녀가 먼저 손을 내밀었다. 멋쩍게 웃으며 마주 잡았다. 서울에서 온 현주다. 연초에 TV에서 방영한 카미노 다큐멘터리

---

* 알베르게 | 스페인 산티아고 순례자들을 위한 숙소.

를 보고 한 달 휴가를 내어 걸으러 왔다고 한다. 현주는 알베르게의 낯선 사람들에게 말을 걸고 이야기를 이어 가는 데 거침이 없다. 영어 발음이 아주 좋아 옆에서 말하기가 은근히 위축될 정도다.

작은 동네를 혼자 한 바퀴 돌아 구경하고 오는 길에 멀리서 현주가 뚱뚱한 독일 청년과 산보하는 게 보였다. 따라가서 같이 저녁을 먹자고 청할까 하다가 관뒀다. 겉모습만 보고 저 사람은 어떨까 판단하려 드는 내 태도에 스스로도 약간 질려 있는 터였다.

알베르게 주인이 알려 준 식당에 들어섰다. 사방에 무리를 지어 앉아 떠드는 사람들 사이에 혼자 자리를 잡으려니 머쓱했다. 이해할 수 없는 스페인어가 잔뜩 적힌 메뉴를 열심히 들여다보는 척하는데 누군가가 다가와 날 불렀다. 마리였다.

"혼자 왔어요? 괜찮으면 저쪽 테이블에 의자를 하나 더 갖다 놓고 합석하지 그래?"

기다렸다는 듯 벌떡 일어나 마리를 따라갔다. 테이블에 둘러앉은 사람은 마리 부부와 남아프리카 공화국에서 함께 온 할머니 네 명, 그리고 프랑스에서 온 중년 부부. 모두 서로 초면이었다. 마리 부부를 제외한 나머지 사람들은 이날 이 마을에 오후 여섯 시가 넘어 도착했다고 한다. 힘이 들어 자주 쉬며 걷느라 그리됐다면서 아름다웠던 구간, 길에 관련된 옛날이야기들을 신이 나서 주고받았다.

맞은편의 프랑스 아저씨는 론세스바예스를 떠나 처음 만난 마을인 바르게테(Barguette)가 무척 마음에 들었다고 한다. 바스크 지역의 마을들이 역시 예쁘다고 감탄하는데, 난 도대체 내가 지나친 마을들의 이름이 뭔지도 모르고 있었다. 내 옆에 앉아 있던 남아프리카 공화국 할머니는 도중에 보았던 순례자의 무덤 이야기를 꺼냈다.

"처음엔 안됐다고 생각했어요. 그런데 생애 마지막 순간을 침대에 누워서가 아니라 길 위에서 맞이했구나 하고 바라보니 오히려 부러워지던걸요."

동의하는 척 고개를 끄덕이면서 속으로 뜨끔했다. 난 그런 무덤이 있는 줄도 몰랐는데……. 얼굴이 화끈거리기 시작했다. 내가 걸으면서 본 것은 무엇일까. 오직 나 자신뿐이다. 내 자책, 내 후회, 내 불안……. '텅 빈 소시지 기계' 같은 내 속만 들여다보려고 길을 떠난 것은 아니지 않은가.

영국 철학자 버트란트 러셀*은 자신 앞에 펼쳐진 세계에서 눈을 돌려 공허한 내면만 바라볼 때 빠지기 쉬운 위험을 '소시지 기계'의 비유를 들어 경고한 바 있다.

옛날에 두 대의 소시지 기계가 있었다. 한 대는 열심히 돼지고기를 받아들여 소시지를 만들었지만 다른 한 대는 "돼지가 나한테 무슨 소용이람." 하는 생각으로 돼지에 대한 관심을 끊고 자

---

* 버트란트 러셀(Bertrand Russell) | 영국의 수학자이자 철학자.

기 내부를 연구하기 시작했다. 연구를 하면 할수록 내부는 더 공허하고 어리석어 보였다. 결국 이 기계는 자신이 무엇을 할 수 있는지 짐작조차 할 수 없게 되어 버렸다.

낯선 풍경과 사람들, 세상의 무수한 사건들은 내가 관심을 기울일 때에만 내 경험이 될 것이다. 여기서 뭔가 겪고 싶다면 근사한 풍경과 만남, 사건이 날 찾아와 주기를 기대하기 이전에 우선 나 자신으로부터 바깥으로 눈을 돌릴 줄 알아야 하지 않을까.

민망한 속에 꾸역꾸역 닭고기를 밀어 넣던 내게 마리가 부탁을 하나 들어줄 수 있느냐고 말을 건넸다.

"우리는 시간이 없어 내일 팜플로나(Pamplona)까지만 걷고 집에 돌아가야 돼요. 나중에 다시 오고 싶은데……. 산티아고에 도착하면 여행이 어땠는지, 나한테 메일을 보내 줄 수 있어요?"

마리에게 텅 빈 내 안만 들여다보느라 어디에서 뭘 보았는지도 몰랐노라고 메일을 쓸 순 없지. 꼭 그러겠다고 힘주어 말하며 고개를 끄덕였다.

오전 일곱 시. 다시 출발이다. 마리 부부가 손을 흔들며 나가는데 배낭도 없이 단출한 차림이었다.

"어? 배낭은요?"

"택시로 다음 마을까지 부칠 거예요. 배낭 무게에 자꾸 신경을 쓰면 걷는 걸 즐길 수가 없으니까."

미리 예약하고 7유로를 넣은 봉투를 배낭에 매달아 숙소에 놓아두면 다음 마을의 알베르게까지 배낭을 배달해 주는 택시 서비스가 있다고 알려 준다. 귀가 솔깃했다. 나보다 더 귀가 솔깃했던 사람은 현주였다. 옆에서 그 말을 듣자마자 "언니, 이렇게 하면 어때요?" 하고 제안했다.

"무거운 짐을 한 배낭에 모아 넣어 부치고 물과 먹을 것만 넣은 가벼운 배낭 하나를 나랑 교대로 메고 갈래요? 1인당 3.5유로만 내면 되잖아요."

배낭을 메지 않고 걷는 게 어쩐지 좀 반칙 같았지만 전날 배낭 때문에 괴로웠던 게 떠올라 그러자고 했다. 부칠 배낭을 꾸리는데 현주의 배낭에서 나오는 짐이 끝도 없다. 화장대 위를 그냥 싹 쓸어 담았는지 큼지막한 화장품 병이 줄줄이 나왔다. 신발도 샤워장용 슬리퍼 말고 트레킹용 샌들이 또 있다. "아주 그냥 한 살림 차려 왔구나." 하고 피식 웃었다. 현주가 "언니, 그건 아무것도 아냐. 이거 봐." 하더니 배낭 바닥에서 금색 플랫 슈즈를 꺼내 보여 주며 까르르 웃었다.

가벼운 배낭 하나를 교대로 메며 팜플로나까지 걷는 길은 수월했다. 삼십대 초반인 현주는 미국에서 대학을 나오고 재미교포와 결혼했다. IT업체에 근무하는데 고만고만한 쳇바퀴를 도는 일에 회의가 들어 사는 일을 다시 생각해 보고 싶었다고 한다. 스스로 가장 잘하는 일을 생각해 보니 영어이고, 그와 관련된 자기 사업을 해 보고 싶다면서 이런저런 계획을 이야기하는 품새가 다부지고 당찼다.

현주는 사교육을 받을 형편이 안 되는 가난한 집 아이들에게 주말마다 무료로 영어를 가르치고 있다. 가르치는 일에 대한 경험을 늘리는 것도 목표이지만 그것보다는 공교육에 영향을 끼치는 일을 해 보고 싶다고 했다.

"언니, 사실 영어는 학문이 아니라 기술이잖아요. 그런데 몰입교육이다 뭐다 하면서 영어가 직업과 기회를 좌우하는 기준이 되는 게 너무 웃겨요. 난 그런 걸 바꿔 보고 싶어."

정말 좋은 생각이라고 맞장구를 치는데 현주가 내게 물었다.

"근데 언니는 여기 왜 왔어요?"

"글쎄…… 그냥 뭐……."

"어젯밤에 언니 잠꼬대 심하게 한 거 알아요? 화난 목소리로 막 뭐라 하더라고."

"……."

사나운 꿈을 꿨다. 내가 가까운 사람들을 향해 이유 없이 분노를 터뜨리는 꿈이었다. 나로부터 달아나고 싶었는데 여전한 내 불안, 두려움은 무의식에 잠복해 끈질기게 나를 따라다닌다. 현주에게 민망하고 스스로가 답답했다.

도중에 한국 아가씨들 한 팀을 만났다. 한 마을에서 자란 시영, 명진과 라연. 세계 배낭여행 중에 카미노를 걸으러 온 아이들이었다. 스스럼없는 현주가 같이 가자고 이끌어 이들과 5일간 함께 걷고 같은 숙소에 머무는 생활이 시작됐다.

아이들과 함께 도착한 팜플로나는 카미노에서 처음 만나는 큰 도시다. 카미노 순례를 여기서 시작하는 사람들도 꽤 많다. 다시 비가 내리기 시작한 거리를 슬리퍼를 신고 쏘다녔다. 으슬으슬해진 날씨에 벌벌 떨면서 식당에 뛰어 들어갔다. 이 도시의 식당에도 예외 없이 '순례자를 위한 메뉴'가 있다. 어느 곳에서든 '순례자를 위한 메뉴'를 주문하면 와인 한 병이 꼭 따라 나온다.

대학생인 라연이는 아직 얼굴에 솜털이 뽀송뽀송한 십대 같다. 알베르게에서 팬티만 입고 돌아다니는 서양 남자들을 보면 화들짝 놀라 달아난다. 시영과 명진이는 직장을 그만두고 여행에 나섰다. 아이들은 말레이시아에 있다가 네팔에 들른 뒤 카미노를 걷는 것으로 유럽 여행을 시작했다고 했다. 여행을 마치고 한국에 돌아가면 다시 일을 하고 돈을 모아서 또 여행을 떠날 거라고 한다.

"한참 나중에 더 나이 들었을 때를 생각하면 불안하지 않아?"

시영이가 대수롭지 않다는 투로 대답했다.

"뭐 불안해 한다고 해결되는 것도 없더라고요. 큰 욕심 안 내면 내가 하고 싶은 거 하면서 살 수도 있겠죠."

네가 나보다 낫구나, 싶다. 이후로도 카미노에서 마주친 한국 사람들 중엔 직장을 그만두고 온 이십대 후반, 삼십대 초반의 싱글 여성들이 유난히 많았다. 한번은 혼자서 산티아고까지 걸어갔다가 출발지로 다시 걸어 돌아오던 한국 여성을 만난 적도 있다.

그들의 결단이 놀랍고 부러웠다. 그 나이 때 나도 늘 어딘가로 떠나고 싶었지만 현실에선 내 존재를 증명하려 안달한 기억밖에 없다. 어쩌면 그때 진작 겪었어야 할 성인의 성장통을 제대로 치러 내지 못한 탓에 '난 뭘 하고 싶지?' 같은 질문을 여태 품고 있는 건지도 모르겠다.

팜플로나를 떠나던 넷째 날 아침에도 하늘이 흐렸다. 함께 걷는 아이들 몸 상태가 좋지 않았다. 현주는 무릎이 아프고 명진이는 허리가 아파 고생이다. 무릎 통증으로 괴로워하던 현주는 도저히 못 걷겠다면서 버스를 타러 갔다.

카미노는 평탄한 길로 알려져 있으나 결코 쉽지 않은 길이다. 고도 1400여 미터의 산을 첫날부터 넘어야 하고 내리 산길이 이어진다. 포장도로를 걷기도 하지만 대체로 자갈길이다. 이후에도 별다른 준비 없이 온 사람들이 무릎과 발목을 다쳐 고생하거나 중도에 걷기를 포기하는 걸 종종 봤다.

카미노를 걷기 위해 가장 중요한 준비는 체력과 열린 마음이다. 초반에 아이들은 몸이 아파 고생하고, 나는 폐쇄적인 마음 때문에 편치 않았다. 돌이켜보기 낯 뜨겁지만, 내가 얼마나 인색한 사람인지를 이날 아이들과 함께 걸으며 절감했다.

페르돈(Perdon) 고개를 올라갈 때의 일이었다. 다시 비가 내렸다. 며칠 내리 온 비로 언덕길이 진창이었다. 신발에 진흙이 달라붙어 무겁고 발이 쭉쭉 미끄러졌다. 마운틴 폴이 없으면 중심을 잡기도 어려웠다. 비옷을 입은 채 양손에 마운틴 폴*을 쥐고 앞서 언덕을 오르다 뒤를 돌아보았다. 아이들이 진창길을 힘겹게 올라오고 있었다. 마운틴 폴이나 나무 지팡이를 가진 사람은 아무도 없었다.

　다시 앞장서 걸으면서 슬슬 뒷골이 당기기 시작했다. 내 마운틴 폴 하나를 빌려 줘야 하나……. 그래야 할 것 같은데, 솔직히 말하면 내 걸 하나 빌려 주고 마운틴 폴 한 개에 의지해 걸으면 불편할 것 같아 선뜻 마음이 내키지 않았다. 그렇다고 허리 아픈 아이가 힘겹게 걷는 걸 모른 체할 수도 없고……. 무슨 대단한 사익과 공익 사이에서 갈등하는 것도 아닌데 이런 사소한 일로 어떻게 할까 망설이는 상황도 짜증이 났다. '에잇, 혼자 갈 걸 그랬다. 괜히 같이 걸어가지고……, 도대체 왜 저렇게 아무 준비도 없이 온 거야!'

　짜증이 눈덩이처럼 불어나기 시작했다. 아이들은 불평 한마디 없는데 괜히 나 혼자 점점 늘어나는 갈등을 견디다 못해 급기야 뒤를 휙 돌아보며 마운틴 폴 하나를 내밀었다.

　"자, 이거 써!"

　힘겹게 걷던 아이가 무슨 일이냐는 듯 나를 바라보며 느린 어조로 대답했다.

　"어? 괜찮은데요?"

　내 눈엔 전혀 괜찮아 보이지 않는다. 그러지 말고 받으라고 다시 말해야 했건만……. 무뚝뚝하게 "그래?" 하고 다시 돌아서서 걷기 시작했다. 어쨌건 나는 호의를 베풀려 시도는 했다고. 안

　• 마운틴 폴 | 등산용 지팡이.

+ 페르돈 고개

받은 건 아이들이니 내가 인정머리 없는 사람은 아닌 거지⋯⋯. 그렇게 합리화를 하면서도 여전히 마음 한구석이 켕겼다.

사실 마운틴 폴을 내민 것도 정말 아이들을 걱정해서라기보다 내 마음이 불편해서 그랬던 게 아닌가. 론세스바예스에서 잘 알지도 못하는 나에게 "내 방 욕조를 쓰라"며 열쇠를 내밀던 마리가 떠올라 혼자 얼굴이 붉어졌다.

난 참 인색한 사람이로구나⋯⋯. 평소 남에게 신세 지기 싫어 아쉬운 소리를 잘 못 하는데, 그만큼 남이 내게 신세 지는 상황도 싫어한다는 걸 깨달았다. 첫날 낯선 사람들에게 어렴풋이 느꼈던 연대감도 얄팍한 감상에 불과해 보이기 시작했다. 남이 잘

해 주니까 좋았던 거지. 내가 뭘 해 줘야 한다고 느끼는 상황이 되니 '연대감'은 무슨…….

아이들을 향해 터졌던 짜증이 이젠 나 자신을 과녁 삼아 점점 늘어나기 시작했다. 그러거나 말거나 아이들은 마운틴 폴 따위 괘념치 않는 눈치였다. 페르돈 고개 위에 올라 정상의 순례자 동상을 보는 순간 탄성을 터뜨리며 카메라를 꺼내 사진을 찍기 바빴다. 어정쩡하게 섞여 들어가 대충 사진 몇 장 찍고 서둘러 내려왔다.

아이들과 걷는 속도가 달라 다시 앞서 혼자 걸으면서, 하피 케르켈링°이 "순례 여행은 적어도 시작만큼은 혼자여야 한다"고 했던 말을 떠올렸다. 무슨 말인지 조금은 이해할 수 있을 것 같았다. 그는 "많은 사람들이 잘못된 속도로 칭얼대며 함께 걷다가 서로를 증오하게 된다"고 썼는데, 조금 전의 상태가 지속되면 속 좁은 내가 사소한 일에 또 무슨 과민 반응을 보이게 될지 몰랐다.

어쨌거나 낯선 여행지에서 우연히 만난 낯선 사람들이었다. 게다가 편안한 교통수단에 길든 신체에 꽤나 만만치 않은 도전인 도보 여행의 긴장이 아직 풀어지지 않은 상태다. 설레는 마음 못지않게 불안함도 컸다. 함께 걷는 게 안심이 되는 꼭 그만큼 낯선 존재가 너무 가까이 있는 데 대한 불편함, 무던하지 못

° 케르켈링 | 독일의 코미디언. 전성기를 누리던 시기에 쓰러져서 병원 응급실에 실려 가고 나서야 자기 내면의 목소리에 귀 기울이게 되어 산티아고 순례길을 걷고 《그 길에서 나를 만나다》라는 책을 썼다.

한 스스로에 대한 짜증도 뒤따랐다. 무엇을 발견하기 이전에 일단 매일 20~30킬로미터를 걷는 일과에 몸과 마음이 익숙해져야 했다. 아이들에게 나는 편안한 존재일까, 문득 궁금해졌다.

우울한 마음에 아이들과 별 이야기도 하지 않고 푸엔테 라 레이나(Puente la Reina)에 들어선 것은 오후 다섯 시. 버스를 타고 먼저 온 현주와 미리 만나기로 약속해 둔 알베르게에 짐을 풀고 샤워장에 갔는데 '재난'이 발생했다.

편집증 환자처럼 짐 줄이기에 집착했던 나는 세면용품도 비누, 샴푸 대신 일회용 종이비누 30장이 든 미니 비누 캡을 가져왔다. 얇고 잘 안 떨어지는 종이비누는 마른 엄지와 집게손가락으로 약간 비비듯 하며 낱장을 떼어 꺼내야 한다. 그런데 지치고 우울한 상태에서 별 생각 없이 샤워 도중 젖은 손으로 한 장을 꺼내려다 그만 남은 종이비누가 전부 뭉개져 버린 거였다. 더 가져온 비누도, 샴푸도 없다. 비좁고 바닥이 지저분한 샤워실 안에서 허둥지둥 하다 보니 겨우 가라앉혔던 짜증이 다시 치밀었다.

씻고 나와 보니 이번엔 열흘은 쓸 거라고 계산했던 스킨과 로션 샘플이 4일 만에 다 떨어진 걸 발견했다. 배낭 무게를 줄이기 위해 내가 선택한 방법은 우체국을 보급 기지로 삼는 것이었다. 보급용 소포를 따로 꾸려 일주일쯤 걸어가면 나올 마을의 우체국에 미리 부치고, 그 마을에 도착하면 필요한 만큼 물건을 꺼낸 뒤 다시 앞마을 우체국에 계속 소포를 부치는 방식이다.

생장피에드포르에서 보급용 소포를 부친 마을은 비아나(Vi-
ana). 세면용품 등을 찾으려면 앞으로 3일은 더 걸어가야 했다.
배낭을 뒤지며 "이게 뭐야." 하고 구시렁거리던 나를 보더니 현
주가 왜 그러느냐고 물었다.

"스킨, 로션이 다 떨어졌어."

"아, 말을 하지! 내 것 써요. 남아돌아."

현주가 건네주는 로션 병을 받으며 나도 몰래 피식 웃음과 함
께 말이 새어 나왔다.

"비누도 없고 샴푸도 없어. 참말로……."

옆에 서 있던 시영이가 말을 받았다.

"우리 거 같이 써요. 많이 남았어요."

당장 필요하다고 말한 것도 아닌데 시영이가 배낭에서 샴푸
병을 꺼내 들고 왔다. 많이 남기는커녕 한 열흘 쓰면 떨어지게
생겼다. 낮에 그 아이들에게 마운틴 폴을 하나 빌려 줄까 말까로
혼자 짜증내던 내 모습이 갑자기 눈앞에 확 떠올랐다. 민망한 마
음에 비굴하게 웃으며 변명하듯 말했다.

"야……, 나 치약은 많아. 치약 떨어지면 나한테 말해."

말해 놓고 나니 더 창피했다. 아이들도 웃는다. 부끄러워 그만
달아나 버리고 싶었다.

아이들이 '별 준비 없이' 왔다고 내가 짜증스러워 했던 이유는
또 있었다. 아이들이 카미노를 그냥 색다른 여행지쯤으로 여기
고 놀러 온 것 같아 시시해 보였기 때문이다. 사실 같잖은 편견

이다. 속 깊은 이야기를 나눠 보지도 않았던 상태였다. 재미 삼아 놀러 왔다고 해도 그렇다. 그게 왜 하찮은 이유인가. 모두가 따라야 할 기준이 있는 것도 아니다. 여길 와야 마땅한 어떤 '대단한 이유'를 하나씩 갖고 있기라도 해야 하나.

인정하고 싶지 않지만, 어쩌면 나는 스스로에겐 그런 '대단한 이유'가 있다고 착각하고 있었는지도 모르겠다. '여길 왜 왔지?' 같은 질문 앞에선 여전히 쩔쩔맸으면서 말이다. 그러면서도 내가 두고 온 현실의 무게는 '너희들이 비교조차 할 수 없을 정도로 무겁다'고 짐짓 뻐기기라도 하는 듯한 과대망상, 혹은 치졸한 자기 연민에 젖어 있던 것은 아니었을까. 아이들과 실없는 이야기를 주고받을 때에도 언뜻언뜻 속으로 '난 너희들과 달라' 하는 마음이 들었던 걸 부인하지 못하겠다.

어디서였는지는 잊었지만, 한 어머니가 딸아이의 머리를 감겨 주며 "네가 머리 냄새 나는 아이라는 걸 잊지 말라"고 했던 말을 읽은 적이 있다. 기억나는 말은 이랬다.

"너희 반에 옷이 더럽거나 가난한 아이를 보거든, 그래서 그 아이들을 비웃는 마음이 들거든, 반드시 기억해라. 아, 참! 나는 머리 냄새 나는 아이지, 하고. 그러면 네가 그 아이들과 똑같다는 걸 알게 될 거야."

난 자기가 냄새 나는 줄도 모르고 있던 머리 냄새 나는 아이였다. 장을 보러 시내로 나가면서 혼자 중얼거렸다.

"잊지 말자. 난 머리 냄새 나는 아이야……."

어떤 사람의 이유도 다른 사람의 이유보다 더 중요하지 않다. 카미노에서는 모두가 같은 방향을 향해 걸어가는 똑같은 순례자들일 뿐이다. 길 위에서 '치사한 나'를 발견하는 게 기분 좋은 경험은 아니었다. 하지만 이 역시 길이 가져다주는 좀 난감한 선물 중의 하나일지도 몰랐다. 평소에 자각하지 못했던 흉한 모습이 불쑥 드러나더라도 그것 역시 나인 것을……, 인정하고 받아들여야 하리라.

《나의 산티아고, 혼자이면서 함께 걷는 길》 (푸른숲, 2009)

☼ 카미노 데 산티아고(Camino de Santiago, 산티아고 순례길)

코스 소개

예수의 열두 제자 가운데 한 사람이며 스페인의 수호성인인 야고보의 무덤이 있는 '산티아고 데 콤포스텔라'로 향하는 길입니다. 중세부터 내려온 길로 다양한 경로가 있으나 가장 인기 있는 길은 '카미노 데 프란세스'입니다. 프랑스 남부의 '생 장 피드포르'에서 시작해 피레네 산맥을 넘어 '산티아고 데 콤포스델라'까지 이어지는 800킬로미터의 길입니다. 가톨릭 성지 순례길이었으나 현재는 전 세계에서 도보 여행을 즐기는 사람들이 찾고 있습니다. 완주하는 데 걸리는 기간은 보통 한 달 남짓이라고 합니다.

찾아가는 길

프랑스의 파리 몽파르나스 역에서 기차를 타고 '생 장 피데포르'로 갑니다. 그곳에서 '크레덴시알'이라 불리는 순례자 전용 여권을 만들고 시작합니다. 다음 날 넘어야 하는 피레네 산맥이 부담스럽다면 스페인 쪽의 론세스바예스부터 시작해도 됩니다.

여행하기 좋은 때

전통적으로 순례자들이 가장 바라는 산티아고 입성일은 '산티아고 성인의 날'인 7월 25일입니다. 따라서 여름은 언제나 붐빌 수밖에 없습니다. 4월과 5월, 9월과 10월이 날씨도 좋고 길도 덜 붐빕니다. 겨울에는 문을 닫는 숙소가 많기 때문에 힘들다고 합니다.

여행 Tip

장거리 도보 여행의 첫 번째 원칙은 '배낭은 깃털처럼 가벼워야 한다.'입니다. 배낭의 무게가 곧 삶의 무게이기 때문입니다. 배낭을 꾸리는 원칙은 간단합니다. 뺄까 말까 망설여지는 것을 모두 뺀 다음에, 꼭 필요하다고 생각되는 것들만으로 짐을 꾸립니다. 그런 다음 다시 그 짐의 절반을 덜어 냅니다. 체중 감량이 아닌 삶의 무게 감량 능력. 이것이 바로 신나는 도보 여행을 위한 필수 과정입니다. 갈아입을 옷 한 벌과 방수 점퍼, 가벼운 침낭, 손전등과 세면도구, 필기도구면 충분합니다. 그리고 좋은 배낭과 신발에 대한 투자를 잊지 말아야 합니다.

순례의 최종 도착지 '산티아고 데 콤포스텔라'는 아름다운 도시입니다. 도시 전체가 유네스코 지정 문화유산으로, 오래된 건물과 돌이 깔린 어여쁜 광장, 장엄한 대성당으로 유명합니다. 최소한 사흘은 그 도시에 머물며 몸과 마음의 휴식을 취해 보는 것도 좋습니다.

1 글쓴이는 '길이 가져다주는 좀 난감한 선물'을 받았다고 했는데, 이 선물을 받기 전과 받은 후 글쓴이 생각은 어떻게 바뀌었나요?

2 글쓴이는 이 여행에서 직장을 그만두고 여행을 하는 사람들을 만납니다. 그들이 여행을 통해 찾고자 하는 것은 무엇일까요?

여행과 변화를 사랑하는 사람은 생명이 있는 사람이다.

– 바그너

2 언니 원정대와 느릿느릿 히말라야 걷기

3 몬드리안 라인이 춤을 추는 땅

1 하늘에서 본 경성과 인천

5부

더 넓은 여행을 찾아가다

"비행기 위에서 기쁨에 뛰노는 가슴을 진정하려 애쓰면서 나는 먼저 용산 정
차장(용산역)과 남대문 정차장(서울역) 사이를 비스듬히 지나 만리재를 넘어
공덕리와 마포 방면을 한 바퀴 휘휘 돌았습니다."

◎ 1930년대 경성 모습

1

하늘에서 본
경성과 인천

안창남

경성의 하늘! 경성의 하늘!

내가 얼마나 그리워했는지 모르는 경성의 하늘! 이 하늘을 날 때 나는 그저 심한 감격에 떨릴 뿐이었습니다. 경성이 아무리 작은 시가라 하더라도, 아무리 보잘것없는 도시라 하더라도 내 고국의 서울이 아닙니까. 우리의 도시가 아닙니까. 장차 크고 넓게 발전할 수 있는 우리의 도시, 또 그렇게 만들 사람이 움직이며 자라고 있는 이 경성, 그 하늘에 비행기가 날아다니기는 결코 한두 차례가 아니었을 것입니다. 그러나 그 비행기는 우리에게 어떤 의미로는 모욕이었으며, 아니면 위협의 의미까지 지닌 것이었습니다. 그러던 중, 이번에 잘하나 못하나 내가 날 수 있게 된 것을 나는 더할 수 없이 유쾌하게 생각했습니다. 참으로 일본에서 비행할 때마다 기수를 서쪽으로 향하고 보이지도 않는 이 경성을 바라보며 달려오고 싶은 마음에 몇 번이나 눈물을 흘렸는지 알지 못합니다. 아아, 내 경성의 하늘! 어느 때고 내 몸을 따뜻이 안아 줄 내 경성의 하늘! 그립고 그립던 경성의 하늘에 내 몸을 날릴 때의 기쁨과 감격은 일생을 두고 잊히지 아니할 것입니다.

경성을 찾은 첫째 날인 12월 10일은 의외로 날씨가 차서 추위를 막을 준비도 없는 불완전한 비행기로는 도저히 비행할 수 없는 일이었습니다. 그래도 날아 본다고 남대문 위를 넘어 광화문 위까지는 왔으나 북악산에서 내리치는 거센 바람에 비행기가 남으로 남으로 흐르면서 기계가 얼었습니다. 프로펠러가 돌지 아니하여 기체는 중심을 잃고 좌우로 기우뚱기우뚱 흔들리면서 떨어질 듯 위험한 형세라서 어쩔 수 없이 급히 경성 시가의 서쪽만 한 바퀴 돌고 곧 여의도로 돌아왔습니다.

두 번째인 12월 13일은 전날 밤에 늦게야 여관에 돌아왔습니다. 곤하게 자다가 이날 일기가 제법 풀렸다는 말을 듣고 일어나 오후에 경성과 인천을 방문하기로 결정하였습니다. 오후 세 시에 여의도를 떠날 예정이었으나 기계 고장으로 한 시간 이상이나 늦어서 경성 하늘을 날 수 있었으며 비행장을 이륙하기는 4시 10분이었습니다.

비행장에서 1100미터 이상을 높게 뜨니까 벌써 경성은 훤하게 내려다보였습니다. 제일 먼저 눈에 띄는 것은 남대문이었습니다. 아무 때 봐도 남대문은 서울의 출입구 같아서 반가운 정이 솟아나지만, 비행기 위에서는 아물아물한 시가 중에 제일 먼저 또렷하게 보이는 것이 동대문과 남대문이라, 남대문이 눈에 보일 때 나는 오래간만에 돌아오는 아들을 기다리며 대문을 열어 놓은 어머니를 바라보는 것 같이 "오오, 경성아!" 하고 소리치고 싶게까지 반가웠습니다. 비행기 위에서 기쁨에 뛰노는 가슴을 진정하려 애쓰면서 나는 먼저 용산 정차장(용산역)과 남대문 정차장(서울역) 사이를 비스듬히 지나 만리재를 넘어 공덕리와 마포 방면을 한 바퀴 휘휘 돌았습니다.

한강의 물줄기는 땅에서 보던 것보다 몇 갑절이나 푸르게 보입니다. 위에서 넓게 내려다보면 그야말로 빛 고운 남색의 비단 허리띠를 내던져 놓은 것 같고, 그 곁으로 서강가(西江岸) 공덕리에 이르기까지 군데군데 놓여 있는 초가집은 겨울의 마른 잔디 같이 보입니다. 마치 떼가 말라 버린 마른 무덤이 다닥다닥 놓여 있는 것같이 보였습니다. 우리의 주택을 마른 무덤 같아 보인다고 말하는 것은 뭣한 일이나 몹시 급한 속력으로 지나가면서 흘깃 내려다보기에는 언뜻 그렇게 보일 밖에 없었습니다. 그리고 공덕리 위를 지날 때에는 멀리 독립문 밖 무학재 넘어 홍제원 시냇물의 모래밭까지 보이는데 그곳은 내가 보통학교에 다닐 때에 운동 연습으로 또는 원족회(遠足會, 소풍)로 자주 갔던 곳이라 마음에 그윽이 반가웠습니다.

거기서 경의선 철로의 중간을 끊고 새문(서대문, 곧 돈의문) 밖, 금화산 부근의 하늘에서 어릴 때 세월을 보내던 미동보통학교가

불타고 없어진 옛터나마 살펴려 하였으나 그 부근에 신건축이 많은 탓인지 얼른 찾을 수 없었습니다. 여기서 바로 또렷이 보이는 것은 모화관 뒤 무학재 고개와 그 앞에 서 있는 독립문이었습니다. 독립문은 몹시도 쓸쓸해 보였고, 무학재 고개에는 흰옷 입은 사람이 꼬물꼬물 올라가고 있는 것까지 보였습니다.

그냥 지나가기가 섭섭하여 비행기의 머리를 조금 틀어 독립문의 위까지 날아가서 한 바퀴 휘휘 돌았습니다. 독립문 위에 떴을 때 서대문 감옥에서도 자기네 머리 위에 뜬 것으로 보였을 것이지마는 갇혀 있는 형제의 몇 사람이나 거기까지 찾아간 내 뜻과 내 몸을 보아 주었을는지⋯⋯. 붉고 높은 담 밖에서 보기에는 두렵고 흉하기만 한 이 감옥이 공중에서 내려다보기에는 붉은 담에 에워싸인 빛바랜 마당에 햇볕만 혼자 비추고 있는 것이 어떻게 형용할 수 없을 만치 한없이 쓸쓸하게 보일 뿐이었습니다. "어떻게 지내십니까?" 하고 공중에서라도 소리치고 싶었으나 어떻게 하는 수 없어 그냥 돌아섰습니다.

돌아서면서 평동(지금의 교남동), 냉동(지금의 냉천동), 감영(지금의 대한적십자사) 일대가 네거리로 벌어져 있는데, 감영 네거리(지금의 서대문 네거리)에 흰옷 입은 한 떼의 사람이 몰려 서 있는 것을 보았고, 성냥갑 같은 전차가 병에 걸린 장난감같이 느리게 땅바닥에 배를 대고 기어가는 것이 흘깃 보였습니다. 그 전찻길 옆, 기와지붕에 에워싸인, 목판 같은 마당에 울긋불긋 가물가물한 것은 아마도 경성여자보통학교와 또 한 집에 있는 내 모교 미동보통학교인가 보다 하였습니다. 미동학교는 어저께 저녁에 그 마당에 초대받아 가서 지금 눈에 내려다보이는 저 학생들과 이야기하던 곳이요, 그 옆의 평동은 내 출생지인 탓에 까닭 모를 친한 정과 반가운 마음이 샘솟듯 하여 이 일대의 상공에서 훌훌 재주를 두 번 넘었습니다. 여기에서 재주넘은 것도 보이기는 경성 시가 전체에서 모두 보였을 것입니다.

이렇게 하여 내 출생지인 새문 밖에 거주하시는 여러분과 또 나를 길러 준 모교에 경의와 정을 표하고 나서는 곧바로 흥화문, 야주개, 당주동을 살같이 지나 경복궁 옛 대궐을 내려다보았습니다. 거무튀튀한 북악산 밑에 입 구(口) 자처럼 둘러싼 담 안의, 넓기나 넓은 옛 대궐은 우거진 잡초에 덮여 버린 집처럼 사람은 하나도 보이지 않고 몹시도 한산하고 쓸쓸하게 보였습니다. 거기서 바로 창덕궁으로 향하여 안동(지금의 안국동) 네거리 별궁 위(안동에는 지금의 풍문여고 안에 고종 18년에 지은 안동 별궁이 있었는데 그것을 말하는 것으로 보임.), 동아일보사 부근의 공중을 스쳐 모로 놓인 기역 자 형으로 보이는 천도교당(수운회관)과 휘문의숙을 지나 검푸른 숲 속에 지붕만 보이는 창덕궁 위에서 한 바퀴 휘휘 돌아 공중에서 경의를 표하였습니다. 경성 시민 여러분에게 드린 인사의 종이는 바람에 날려서 남쪽으로 날아갈 것이라는 생각에서 이 북쪽을 오는 동안에 다섯 번인가 여섯 번에 걸쳐 떨어뜨렸으나 많이들 주워 읽으실 수 있었는지 모르겠습니다.

창덕궁 방문을 마친 나는 곧 종묘의 깊은 숲을 옆으로 보면서

창경원의 숲과 총독부병원(지금의 서울대학병원)을 돌아 동소문 밖에 눈 쌓인 먼 산까지 내려다봤습니다. 다시 동대문을 지나 청량리 줄버들과 안암동, 우이동 가는 되넘이고개(지금의 돈암동고개), 왕십리와 그 너머 한강 뚝섬인 듯한 곳까지 보면서 기체를 동대문에서 광희문으로 꺾어 황금정통(을지로)으로 곧게 남대문을 향하여 돌진하였습니다. 황금정 가로 위를 지나도 진고개에서 보기에는 자기 머리 위를 지나간 것으로 보았을 것입니다. 동양척식회사 집을 보았을 때 신문관(1908년 최남선이 세운 인쇄소 겸 출판사) 위가 여기쯤이었다는 것을 알았고, 이름만 남은 덕수궁과 매일신보 회색 집을 옆으로 보면서 남대문 위를 돌았습니다.

남대문에서 다시 성(城) 자리 위로 새문 밖을 돌아 광화문 앞을 지나 종로 사거리의 공중으로 왔습니다. 여기가 얼른 말하면 경성 시가의 한복판이라고 할 수 있는 곳인 까닭이었습니다. 새문길, 동대문길, 남대문길, 전동길이 모두 이 복판으로 모여 있어서 성냥갑 같은 전차 여러 개가 기어가는 것이 보였습니다. 광희문통의 황금정길, 남대문에서 광화문까지의 길, 교동길, 창덕궁 앞길, 동물원길, 창의문길 할 것 없이 아니 보이는 곳이 없었고, 어느 큰 집이나 어느 작은 집이나 아니 보이는 집이 없었습니다.

여기서 내려다보기에는 남촌에 일본인들이 모여 사는 곳은 진고갯길 좌우 옆뿐인 것같이 보였고 경성 전체의 형용은 얼른 보기에 종로통과 황금정통의 시커먼 기와집이 있는 일대가 큰 판으로 몸이 된 듯하였습니다. 곁의 남북촌으로 쭉쭉 뻗은 가옥의

줄기는 마치 무슨 큰 거미에 발이 달린 것같이 보였습니다. 그런가 하고 창의문 쪽의 거리를 보면 무슨 짐승의 꼬리같이도 보였습니다.

여기가 종로 종각의 위이고 경성의 복판인가 하고 생각한 나는 재주를 두 번이나 넘고 거듭해서 제일 어려운 횡전곡승*을 두 차례나 하였습니다. 그렇지만 여기서 넘은 재주는 경성 시내의 거의 모든 곳에서 마치 자기 집 지붕 위에서 재주를 넘은 것처럼 보였을 것입니다. 종로 위에서 이렇게 여러분께 경의와 정을 표하고 나서 곧 창덕궁 앞을 돌아 동대문으로 가다가 중간에서 재주를 두 번 넘고 뒤이어 '송곳질'*이라 불리는 곡승비행을 하였습니다. 이것은 동대문 부근에 사는 분들은 자세히 못 보신 이가 계실 듯이 생각된 까닭이었습니다.

이렇게 하였으면 이제 경성 방문 비행의 뜻은 이루었다고 생각하여 나는 곧 황금정으로, 종로로, 광화문으로, 창덕궁으로 크게 원을 그려 빙그르르 돌고는 서대문 밖으로 나가 남대문 밖으로 해서 여의도로 돌아왔습니다. 거기서는 모든 사람이 추위에 떨면서 걱정하는 마음으로 기다려 주고 있었습니다.

여기까지 읽어 오신 독자께서는 그 사이 마포, 공덕리, 독립문을 들러 경성 시가를 서너 차례나 휘도는 동안이 퍽 시간이 오래

---

* 횡전곡승 | 수평 비행을 하다가 기체의 세로축을 회전축으로 하여 왼쪽 또는 오른쪽으로 기체를 회전시키고 다시 수평 비행을 하다가 위로 솟구쳐 오르는 비행법.
* 송곳질 | 송곳을 비비듯이 뱅뱅 돌면서 떨어지는 비행법.

였을 줄 짐작하실 것이나 실상은 이상 기록대로의 비행에 걸린 시간은 겨우 십일 분쯤이었습니다.

인천행!

인천을 가야겠는데 시간이 너무 늦어서 해는 저물기 시작하고 날씨는 점점 추워지며 곤란이 겹쳐 불안이 적지 아니하였습니다. 그러나 지난 10일에 못 가게 된 것이 어쩌지 못할 일기의 탓이라고는 하나 인천의 시민 여러분께 미안하기 그지없어 밤이 되더라도 갔다 오겠노라 마음먹었습니다. 4시 24분, 다시 여의도 마당을 떠나서 떨어지는 해를 쫓을 듯이 서편으로 서편으로 갔습니다.

부끄러운 말씀이나 나는 이제껏 인천을 가 본 일이 없었습니다. 비행기로 못 갔을 뿐 아니라 기차로나 걸어서도 가 본 일이 없었습니다. 다만 가 본 곳이라고는 경부선, 경의선 방면으로만 몇 곳 가 본 적이 있었을 뿐입니다. 하는 수 없이 나침반도 없이 그냥 지도만으로 방향을 대강 짐작하고 서쪽으로 서쪽으로만 갔습니다.

공중에서 두리번거리며 찾아가면서, 원래 자그마하나마 시가가 있는 곳에는 반드시 그 공중에 연기 같기도 하고 안개 같기도 한 것이 뽀얗게 시가를 덮고 있습니다. 나는 그냥 그것이 눈에 들어오기만 기다리면서 갈 뿐이었습니다. 그러나 십수 분이면 넉넉히 갈 곳인데 십오 분이 되도록 보이지가 않아서 적지 아니한 불안한 마음이 생겼기에 언뜻 그것을 발견했을 때에는 얼마나 반가웠는지 모릅니다.

"오, 인천!" 비행기 위에서 혼자 소리치면서 그야말로 뛰는 중에도 뛰어갈 듯이 달려갔습니다. 처음 보는 시가이니까 동 이름도 무엇도 자세히 알 수 없었습니다. 다만 측후소* 넘어 공설운동장에 모여 있겠으니 거기서 저공비행을 하여 달라는 말씀을 일전에 들었기 때문에 그럴듯해 보이는 마당을 찾아서 내려다보니까 별로 많이 모여 있지도 아니한 모양이라, 짐작컨대 일전에도 온다 하였다가 못 왔었고 오늘도 온다고만 하고 오기가 늦은 탓에 또 낙망하여 헤어지신 것 같아서 어찌도 몹시 미안하였는지 알지 못합니다. 그래서 거기서는 더할 수 없이 얕게 떠서 저공비행으로 인천의 시가를 바다 위까지 두 번을 휘돌았습니다.

인천에서는 겨우 200미터 높이의 저공비행을 하였으므로 시가 길거리에 모여 서서 쳐다보고 손뼉을 치는 모양까지 자세히 보였습니다. 그리고 비행기가 온 것을 알고 공설운동장에 이르는 세 갈래 신작로로 달음박질하면서 모여드는 것까지 보여서 나는 그것을 보고 반갑고 기꺼운 미소를 금치 못하였습니다.

해는 바다 저편으로 기울어지기 시작하는데 돌아갈 길이 급한 것도 잊어버리고 나는 거기서 고등비행술 여러 가지를 보여서 인천 여러분이 되도록 만족스럽게 보시게 하였습니다. 다시

• 측후소 | 정해진 지역의 기상 상태를 관측하고 조사하는 곳. '기상대'의 옛 이름.

시가의 위를 두 번 돌면서 가지고 간 종이를 뿌려 경의를 다하여 인사를 드리고 돌아서서 여의도에 착륙할 때는 날이 저문 때였습니다. 인천으로 가기에 십칠 분쯤, 여의도로 오기에는 십사 분, 모두 삼십일 분쯤 걸렸습니다.

　다행히 이렇게 경성과 인천의 비행은 무사히 마쳤습니다. 그러나 이것을 쓰기는 공중에서 경성이나 인천이 어떻게 보이는지 그것을 쓰려 하였으나 그것은 허사인 것 같습니다. 누구든지 처음 비행기를 타 보는 최초의 비행에서는 물론 아래가 자세히 보이지 아니하고 그냥 아물아물할 뿐이어서 어디가 어디인지 분간하기 어렵습니다. 그런 사람이 보는 바 경성과 인천은 더 재미있고 별스럽게 보였을 것입니다.
　그러나 여러 번 타기를 거듭하여 비행이 익숙하여 갈수록 점점 높이 뜬대도 그다지 별스럽게 보이지 아니하고 시가의 형편을 잘 알 수 있게 되는 법입니다. 나 역시 여러 번 타 보아서 경성이나 인천이나 어느 시가나 바다나 광야가 그리 알아보기 어렵지도 아니하고 별스럽게 보이지도 아니합니다. 그래서 이 글도 바라시는 바와 같이 그렇게 별스럽거나 재미있게는 되지 못하였습니다.
　다만 알아들으시기 쉽게 한 말씀으로 하자면, 경성이나 인천의 시가가 마치 어느 박람회나 공진회* 출품용으로 모형을 떠 놓은 것을 보는 것 같을 뿐입니다. 그리고 경성은 일본 동경보다

줍기는 하나마 몹시도 깨끗하고 어여뻐 보였습니다.

최후에 평양과 대구, 그리고 다른 곳에서 기다려 주시는 형제께 미안한 말씀을 올립니다. 비록 인력으로 어찌하지 못할 날씨의 관계로 인함이나마 가려던 곳, 기다려 주시는 여러분께 가서 뵈옵지 못하고 떠나는 것이 어떻게나 섭섭한지 알지 못합니다. 마음대로 하라면 방방곡곡 다니면서 한 곳이라도 더 형제를 찾으려 하였으나 비행장 관계로 그리하지 못하게 된 것이 큰 유감이었습니다. 그러던 터에 평양이나 대구는 날씨 때문이 아니라 비행기만 좋고 방한구°만 있으면 갈 수 있는 것을 한낱 비행기가 불완전하여 가지 못하게 된 것을 생각하면 기다려 주시는 여러분보다도 내가 얼마나 더 억울하고 분한지 알지 못합니다.

비행기만 좋은 것을 얻을 수 있으면 오는 봄에는 동경에서부터 비행하여 의주까지 다녀갈 수 있음을 말씀드리고 뒷날을 기약하며 나는 돌아갑니다. 떨어지기 싫은 고국을 떠나서 나는 갑니다.

《개벽》1923년 1월호

• 공진회 | 각종 산물이나 제품들을 한곳에 많이 모아 놓고 품평하고 전시하는 모임.
• 방한구 | 추위를 막는 온갖 물품과 기구.

⏻ 안창남(1901~1930)

우리나라 최초의 민간인 비행기 조종사. 조선의 창공을 날며 민족적 자긍심을 높였던 식민지 조선 최고의 영웅이었습니다. 안창남은 비행사가 될 것을 결심해 비행기 제조법과 조종술을 배우고 도쿄, 오사카 사이의 우편 비행기 조종사가 되었습니다. 그가 탔던 비행기인 금강호는, 안창남이 일본의 오쿠리 비행 학교에 버려져 있다시피 했던 것을 수리한 것으로, 동체 옆에는 한반도를 그리고 꼬리 부분에는 금강산을 형상화한 그림을 직접 그렸다고 알려져 있습니다. 동아일보사 후원으로 고국 방문 비행을 했는데, 30만 경성 인구 중 5만 명이 이를 지켜봤습니다. 이 소식이 당시 널리 퍼지게 되면서, 자전거 점원에서 사이클 선수로 유명세를 날리던 엄복동과 함께 "떴다 보아라 안창남의 비행기~ 내려다보아라 엄복동의 자전거~"라는 구전 가요를 만들기도 했습니다. 당시 〈안창남 비행가〉로 불리던 이 노래는 일본 순경의 등 뒤에서 동네 아이들이 일부러 크게 불러 대며 민족의 자긍심을 높였던 노래로 유명합니다. 이후에 안창남은 독립운동을 하기 위해 이상재 등의 주선으로 상하이로 가서 타이위안 비행 학교 교관이 되었습니다. 그러던 중 중국의 혁명 전선에 참가했다가 비행기 사고로 목숨을 잃었습니다.

1 안창남은 경성의 하늘의 비행하면서 감격합니다. 그 까닭은 무엇
일까요?

2 만약 여러분이 비행기를 조종한다면 하늘에서 내려다보고 싶은
곳은 어디인가요?

여행은 정신을 다시금 젊어지게 해 주는 샘이다.
– 안데르센

포카라 풍경

2

언니 원정대와
느릿느릿 히말라야 걷기

진형민

히말라야 원정의 시작 – 포카라

시장통 같은 카트만두에서 버스를 잡아타고 깎아지른 절벽 길을
여덟 시간 넘게 달려 겨우 포카라에 닿았다. 포카라는 히말라야
트레킹이 시작되는 네팔의 작은 도시이다. 머리 젖혀 히말라야
를 올려다본다. 청청한 하늘 아래 눈 덮인 히말라야가 병풍처럼
세상을 두르고 서 있다. 하얗게 빛나는 산의 등줄기를 눈으로 훑
고 나니 공연히 가슴이 두근거린다. 먼발치의 히말라야는 잘생
긴 값 하느라 성마른 남자 얼굴 같기도 하고, 혼자된 여인의 긴
치맛자락 같기도 하다. 마을을 가로지르는 넓은 호수 속에도 산
그늘 따라 히말라야가 출렁이고 있다. 히말라야는 고대 산스크
리트어로 '눈이 사는 곳'이란 뜻이다.

호수에는 빈 나룻배들이 나란히 묶여 있다. 네팔에서 두 번째

로 크다는 페와 호수(Phewa Lake)이다. 사람들은 삼삼오오 작은 배를 타고 호수 한가운데 있는 힌두 사원에 들고 난다. 호수 옆으로는 넓지도 좁지도 않은 길이 나 있고, 여행자들을 위한 숙소며 식당들이 그 길에 꼬리를 물고 들어앉았다. 트레킹 장비를 팔거나 빌려 주는 가게들도 여럿이다. 번다하지만 미루적대며* 걸어도 괜찮을 정도이다.

히말라야가 마주 뵈는 이층집에 방 하나를 빌렸다. 방문 앞에 의자를 내어 두고 한가할 때마다 나와 앉아 손톱도 깎고, 책도 보고, 아이들 머리도 빗겨 준다. 그러다 한 번씩 고개 들어 히말라야를 쳐다보고, 조금 있다 또 보고 하였다. 나이 들며 기고만장함이 꺾이고 나니 산이 자꾸 좋아진다.

숙소 가까이에 작은 네팔 식당이 있다. 테이블 네 개가 겨우 들어가는 비좁은 곳이다. 우리는 아침저녁으로 우유홍차 짜이를 마시러 식당을 들락거렸다. 주인 부부는 우리 아이들을 제티(jethi, 맏이), 마일리(maili, 둘째), 간찌(kanchi, 막내)라 부르며 살가워했다. 부부에게는 다 큰 아들 셋에 늦둥이 딸아이가 하나 있는데, 말괄량이 딸내미 사비따는 눈만 뜨면 자전거를 타고 동네를 종횡무진 하였다.

소외된 네팔 여성들의 자립을 이끄는 '세 자매 트레킹 여행사'

우리도 자전거를 빌려 동네 위쪽까지 올라가 보았다. '세 자매 트레킹 여행사(3 Sisters Adventure Trekking Company)'를 찾아 나선

길이다. 듣자니 여자 가이드, 여자 포터들과 함께 히말라야 트레킹을 할 수 있는 곳이라고 했다. 게다가 이 여행사는 전문 가이드 교육을 통해 네팔 여성들의 경제적 자립을 돕는 일종의 사회적 기업이란다. 평화 활동 단체 '이매진피스'를 통해 이곳을 알게 된 뒤로 언젠가 우리 집 어린 세 자매들과 꼭 와 보리라 했었다.

일곱 명의 여자들로 '히말라야 언니 원정대'가 꾸려졌다. 가이드 우샤와 포터 다누, 락슈미, 그리고 세 딸아이들과 내가 닷새 동안 같이 산을 오르기로 한 것이다. '세 자매 트레킹 여행사' 사

● 미루적대다 | 해야 할 일이나 날짜 따위를 자꾸 미루어 시간을 끌다.

람들은 포터(porter) 대신 어시스턴트(assistant)라는 말을 쓴다. 여기서는 일정 기간 포터로 일하며 가이드 훈련을 하고, 그 과정을 마치면 누구나 전문 가이드가 될 수 있다고 한다. 가이드와 포터의 세계가 분명하게 나뉘는 일반 여행사들과는 좀 다른 점이다.

어느 길로 얼마나 높이 산에 오를지 이런저런 의논을 하고 돌아오다가 트레킹 용품 가게에 들러 아이들과 내 등산화를 빌렸다. 하루 1000원이면 발에 맞는 신발을 빌려 신을 수 있다. 별것 다 빌려 주는 포카라에서는 맨몸으로 와도 당장 트레킹을 떠날 수 있다.

곧 트레킹 떠난다고 하면 주변 사람들이 두 가지를 꼭 묻는다. '어느 길로 가니?' 그리고 '가이드와 포터를 얼마에 구했니?' 하는 것이다. 오며 가며 만나는 한국 사람들은 특히나 트레킹 비용에 민감하다. 내가 예상하는 경비에 대해 들려주자 다들 너무 비싸다고 난리다. 어떻게 여자 가이드와 여자 포터가 남자보다 더 비싸냐며, 그건 말도 안 된다고 했다.

비싼 건 사실이었다. 짐을 20킬로그램 이상 질 수 있는 노련한 남자 포터의 하루 임금이 8달러인데, 이번 트레킹이 첫 산행인 우리 팀 락슈미는 12킬로그램 이상 짐을 짊어지지 않으며 그 노동의 대가로 하루 10달러를 받기로 했다. 여자 가이드의 경우에도 남자들에 비해 보통 하루 3달러 정도를 더 받는다. 그러니 지갑을 여는 사람 입장에서는 누가 뭐래도 손해가 분명한 일이다. 한 푼이 아쉬운 장기 여행자에게는 더 그렇다.

하지만 히말라야 언니 원정대는 오랜 생각 끝에 우리가 기꺼이 택한 것이다. 나 역시 돈을 아끼려고 갖가지 고생길을 자처하지만 그 안에도 나름 기준이란 것이 있기는 하다. 한마디로 말하기는 어렵지만 그건 가치에 관한 것이다. 살면서 나와 내 가족이 줄곧 동의해 온 것들, 꼭 지켜지기 원하는 가치들을 위해서라면 형편에 겹더라도 가능한 한 그 비용을 치르려 애써 왔다. 아끼지 말아야 할 것까지 아끼고 나면 금세 마음이 옹색해지기 때문이다.

여행사를 이끄는 네팔인 세 자매 러키, 디키, 니키의 행보는 좀 특별하였다. 사회적 편견과 불신 속에서도 여자 트레킹 가이드로 히말라야를 올랐고, 몇 년간의 여행사 수익을 모아 소외된 네팔 여성들을 위한 교육센터를 세웠다. 덕분에 가난을 숙명처럼 업고 살던 네팔의 산간 마을 언니들이 그곳에서 전문 교육을 받은 뒤 하나 둘 트레킹 가이드로 자립하였으며, 수많은 여성 트레커들은 보다 안전하고 평화로운 방식으로 히말라야에 오를 수 있게 되었다. 벌써 십 년째 계속되고 있는 일들이다.

내가 지불하는 트레킹 비용 안에는 네팔의 세 자매가 지금껏 해 온 일들이 지속되기를 바라는 마음이 들어 있다. 약자의 삶을 부당하게 가두는 울타리가 허물어지기를 바란다면 가끔은 내 주머니부터 허물어야 하는 법이다. 계산기 두드려대며 걱정스런 눈길로 우리를 건너다보는 사람들에게 나는 내 생각의 갈피들을 조금 펴 보였다. 그런데 아까부터 심장 아래쪽에서 칭얼칭얼 대는 소리가 들린다. 당분간 숙소 앞 식당에 앉아 맥주 마시며 책

보는 여유 따위 부릴 수 없다는 걸 알아채고 속마음이 투정을 부리는 모양이다.

해발 3200미터 푼힐을 향해

산에 오르는 첫날, 하늘이 맑아 다행이다. 우기가 끝났다고는 해도 가끔 무섭게 구름이 몰려들곤 한다. 가이드 우샤가 아이들 하나하나를 안아 주며 인사를 한다. 우샤에게도 여섯 살 먹은 딸이 하나 있다고 했다. 다누와 락슈미에게 큰 배낭 두 개를 넘기고 아이들은 작은 배낭 하나씩을 둘러멨다. 산 입구에서 입산 허가증을 확인받고 출렁대는 그물 다리를 건너고 나니 드디어 산길이다.

다누와 락슈미가 앞장을 서고 우샤는 뒤를 챙기며 걷는다. 몸이 가벼운 아이들은 잽싸게 앞쪽 다누 언니에게 따라붙고 순식간에 내가 꼬리로 처졌다. 나는 우샤에게 꼭 목표한 곳까지 가지 않아도 좋다고, 어디까지 오르든 상관없으니 다들 너무 힘들지 않게 올라가자고, 큰언니처럼 굴며 말했다. 우샤가 웃으며 "좋아요, 디디." 했다. 네팔에서는 언니를 디디(didi)라고 부른다.

"그런데 디디, 푼힐까지는 올라가야 산이 진짜 멋있거든요. 우리 거기까지만 갈까요?" 푼힐은 해발 3200미터에 있다는 봉우리다. 한라산이 1950미터, 백두산도 2750미터인데, 3000미터 넘는 푼힐이 뒷동산쯤 된다는 말투다. 헉헉 밭은 숨 토하며 올려다보니, 빌어먹을 푼힐은 까마득하기만 하다. 히말라야, 멀리서 쳐다

볼 때가 좋았다.

히말라야에서 마음과 따로 놀다

트레킹은 본디 걷는 여행을 이르는 말이다. 목표 뚜렷하게 정상 바라보며 산을 오르는 것이 등반이라면, 트레킹은 속도를 줄여 주변에 마음 써 가며 걷는 것이다. 그런데 하염없이 걷는 행위로부터 얻는 자기 위안이 꽤 있는 듯하다. 산길에서 만난 트레커들의 얼굴에선 비슷한 표정들이 읽히곤 한다. 뭐랄까, 좀 홀가분해 하는 것 같다.

첫날 밤 롯지°에서 혼자 끙끙 앓았다. 롯지는 트레킹 길목에 있는 찻집 겸 밥집 겸 숙소인데, 다리 아플 때쯤이면 용케 롯지 몇 개가 나타나 쉬어 갈 수 있었다. 저녁을 먹자마자 곯아떨어진 아이들 옆에서 나는 일시에 반란을 도모한 내 근육들과 대치 중이었다. 쿡쿡, 욱신욱신, 부들부들, 저항의 방식도 가지가지였으나 뾰족한 수가 있을 리 없다. 이쯤도 감당 못 하다니 그동안 너무 놀고먹은 거 아니냐고, 짐짓 꾸짖고 타이르다 어느 틈에 잠이 들었다.

다시 해가 뜨고 지고, 걷는 일이 몸에 익고 나니, 저만치 따로 노는 마음이 느껴졌다. 모아지고 흩어지는 생각이 수십 가지, 되새김질되는 삶의 잔상들이 수백 장이었다. 살면서 제때 해결하

● 롯지(lodge) | 등산객을 위한 산장.

지 못하고 꽁하니 숨겨 둔 것들이 참 많기도 했다. 시간 없다 핑계를 댈 수도 없고 달리 할 일이 있는 것도 아니어서 마음이 하는 짓을 한동안 두고 보았다.

서로 닮은 구석이 별로 없는 딸아이들은 걷는 방식도 제각각이다. 큰아이 써니는 늘 바지런 바지런 걷는다. 앞장선 다누 언니 곁을 놓칠세라 서둘러 바삐 걷다가, 뒤처진 사람들이 올 때까지 쉼돌에서 느긋하게 기다리는 걸 좋아했다. 둘째 빈이는 앞서 걷는 것도, 뒤처져 남들에게 폐가 되는 것도 내켜 하지 않는다. 산 입구에서 주운 나무 지팡이를 짚어 가며 사부작사부작 걷는 아이를 보고 있으면, 신뢰할 만한 걸음걸이를 가졌구나 싶다. 막내 짜이는 걷다가 멈추기를 수도 없이 반복한다. 특이한 나뭇잎, 신기한 돌멩이, 이상한 새 울음소리 들이 모두 아이의 걸음을 붙잡았다. 그러다 다리 아프면 금세 얼굴 찌푸려 쉬자 하고, 달콤한 차 한 잔에 후다닥 기운 차려 또 가자고 일어선다.

여자들끼리 걷는 길은 좀 남다르다. 길에 떨어진 꽃송이 주워 서로 머리에 꽂아 주며 예쁘다 우습다 수다를 떨고, 맛있는 차를 마시면 무슨 차냐 어떻게 만드냐 얘기가 이어지고, 때때로 내 남편 네 남편 끌어다 남자들은 대체 왜 그런다니 흉을 보기도 하였다. 게다가 우리들 길잡이 우샤는 가는 곳마다 마을 사정 환하고 아는 언니들 많아 끌어안고 안부 주고받기에 바빴고, 덕분에 우리도 친구 대접을 받아 가며 인사하느라 한 번씩 시끌벅적하였다.

돌담이 아름다운 마을 간드룩에서 우샤가 옷 박물관에 가 보겠느냐 물었다. 이런 데 박물관이 있다니 좀 놀라워 대번에 가자고 나섰다. 그런데 허름한 흙집 앞에 멈춰 서서 콩을 고르던 아주머니에게 옷 보러 왔다고 한다. 그제야 담벼락에 걸린 박물관 표시가 눈에 들어왔다. 아주머니는 우리를 반겨 맞으며 안으로 들어가자 하였다. 주섬주섬 들어가 보니 어두컴컴한 흙벽에 네팔 구릉족의 전통 옷들과 장신구들이 걸려 있다.

네팔은 다수를 차지하는 인도 아리안계와 소수의 티베트계, 몽골계 사람들로 이루어져 있다. 이목구비 뚜렷하고 쌍꺼풀 깊은 우샤와 락슈미는 아리안계이고, 눈매 가늘고 둥그스름한 얼굴을 한 다누는 몽골계 구릉족이었다. 역시 구릉족인 박물관 주인아주머니는 주위 친척들이 입던 전통 복식들을 차곡차곡 모아 보관 중이었다. 소박하지만 뜻있는 박물관이다.

옷을 직접 입어 볼 수 있다는 말에 아이들이 신이 났다. 우샤와 나는 구릉족 부부처럼 옷을 갖춰 입었고, 다누랑 락슈미도 고운 아가씨 옷을 차려 입었다. 띠까*도 붙이고 목걸이도 하고 기념사진도 찍으며 호들갑스럽게 놀고 나니 해가 저물었다.

좁고 가파른 산길이 매일의 삶터인 사람들
우리는 안나푸르나(Annapurna)의 발목 어귀쯤을 걷고 있다. 히말

---

* 띠까(tika) | 이마 한가운데에 칠하는 붉은 점. 축복이 함께함을 의미함.

✦ 히말라야 산간 마을 사람들

라야 산맥에는 이마에 하얀 눈 얹은 8000미터 고봉들이 여러 개인데, 에베레스트, K2, 칸첸중가, 안나푸르나가 모두 히말라야의 빼어난 자식들이다. 우샤가 길 잡아 올라가는 푼힐은 그중 안나푸르나에 속한 야트막한 봉우리이니, 우리는 기껏해야 히말라야 할머니의 어린 손녀딸과 조우하러 가는 셈이다.

줍고 가파른 이 산길이 매일의 삶터인 사람들도 있다. 감색 교복 차려입은 산간 마을 아이들은 맞은편 산등성이에 있는 학교를 향해 나는 듯이 산길을 오르내린다. 여자아이들은 머리 쫑쫑 땋아 끄트머리에 빨간 리본을 매어 두었다. 롯지 손님들을 위해 온갖 물건을 등에 지고 나르는 아저씨들과도 날마다 마주치는데, 닭이며 음료수며 채소 들이 층층이 쌓여 머리 위로 한 짐씩

이었다.

 공사에 쓰일 벽돌과 시멘트 들을 옆구리에 매달고 오르는 노새들과 나뭇짐 잔뜩 담긴 바작*을 이마에 끈 걸어 지고 가는 아주머니들도 자주 보게 된다. 산에 오르면 오를수록 물값, 밥값, 잠자릿값이 껑충껑충 뜀을 뛰는데, 이 모든 걸 손수 나르는 모습을 본 뒤로는 비싸다 소리를 차마 못 하였다.

 트레커들 대부분이 외국인이다 보니 그들에게 손을 내밀어 구걸하는 아이들도 종종 있다. 도시 아이들처럼 셈속이 빠르지는 않고 그저 사탕이나 볼펜을 달라는 정도지만, 그게 돈이든 물건이든 아이 손에 덥석 뭔가를 쥐어 주는 일에 대해 경계하는 목소리도 높다. 아이들이 구걸에 익숙해지게 해서는 안 되며, 빈곤을 구조적으로 해결하기 위해서도 의미 있는 일을 하는 단체에 일정액을 기부하는 것이 더 낫다는 것이다. 하지만 막상 조그마한 손 내밀며 눈을 맞추는 아이와 마주 서면 사탕 몇 개 얼른 쥐어 주고픈 마음이 들기도 한다.

 여섯 살 남짓한 여자아이가 길에서 튀어나와 내 앞을 막아섰다. 사탕을 달라나 보다 싶어 우물쭈물하는데, 아이가 손에 쥔 작은 꽃묶음을 내민다. 산길에 핀 자잘한 꽃들을 따서 풀로 묶은 것이다. 뜻밖의 호의에 기뻐하며 고맙다고 받아 쥐자 아이가 그

---

* 바작 | 농기구인 지게 뒤에 부착하여 두엄이나 거름, 재 등을 나를 때 사용하는 지게의 부착물. 노끈이나 칡순, 새끼 등으로 엮어서 만든다.

제야 "캔디?" 한다. 그러니까 아이는 사탕값으로 먼저 꽃묶음을 건넨 것이었다.

나는 주머니에 있던 사탕을 모두 털어 아이 손에 쥐어 주고 꽃을 모자에 꽂았다. 아이는 구걸이 아니라 거래를 원하였고 나는 거기에 응한 셈이다. 아이의 수완이 그럴듯하여 웃음이 났다.

고레빠니는 푼힐 바로 아래쪽 마을이다. 내일 새벽 푼힐 꼭대기에 올라 일출을 보기로 하고 롯지에 들었다. 3000미터가 가까워 오면서 기온이 부쩍 내려가 밤이면 제법 냉기가 흘렀다. 저녁을 먹고 롯지 식당에 앉아 차를 마시는데 마을 언니들이 하나둘 우샤를 보러 왔다. 의사 없는 보건소를 혼자 지킨다는 간호사와 이웃 롯지의 주방 일을 도와주는 앳된 언니들이었다.

무쇠 난로에 나무를 넣어 불을 피우고 되는대로 둘러앉았다. 이런저런 이야기가 오가던 중에 우샤가 구석에 있던 북을 집어다 두드리며 콧노래를 흥얼거렸다. 그러자 다누와 락슈미와 고레빠니 언니들이 북을 돌려 가며 노래를 이어 간다. 레썸 삐리리 레썸 삐리리, 하는 오래된 네팔 노래가 난로 주위를 빙빙 떠돌았다. 난로 안에선 불이 탁탁 튀어 오르고, 네팔과 한국의 젊고 어리고 늙은 여자들이 노래하고 춤추고 킬킬대며 밤을 엿가락처럼 늘이고 있다.

푼힐 꼭대기에 서서 히말라야를 바라보며
새벽 네 시, 아직 사방이 컴컴한데 랜턴 하나씩을 들고 길을 나섰다. 어느새 사람들이 개미처럼 줄 지어 산을 오르고 있다. 푼힐의 일출을 보려고 고레빠니 롯지 사람들이 모두 모였나 보다. 새벽어둠에 가려 사람은 잘 안 보이고 불빛들만 애벌레처럼 구불구불 기어가고 있다.

삼십 분쯤 올라갔을까. 짜이가 머리 아프다며 주저앉는다. 3000 미터부터는 언제 고산증이 찾아올지 모른다고 사람들이 걱정하는 소리를 들었더랬다. 아이는 멀미하는 것처럼 속까지 울렁거린다며 얼굴을 찌푸렸다. 짜이는 유난히 고도에 민감하여 비행기 탈 때마다 고역스러워 했었다. 아직 한 시간이나 더 올라가야 한다는데, 아이를 데려가야 할지 내려보내야 할지 판단이 서질 않는다. 고도에 적응을 하면 괜찮을까 하여 초코바 하나씩 꺼내 먹으며 시간을 벌기로 한다. 평소 단것에 굶주린 아이의 눈이 반짝거린다.

막내를 데리고 천천히 올라오느라 일출 시간을 놓쳤다. 먼저 도착한 일행들도 구름에 가려 일출을 제대로 못 봤다고 아쉬워한다. 상관없다. 흐린 날도, 비에 젖는 날도 같은 무게의 하루이다.

나는 푼힐 꼭대기에 서서 오래도록 히말라야를 바라보았다. 오르던 길에 자꾸 밟히던 묵은 속내들도 다 꺼내어 히말라야의 찬바람을 쐬어 주었다. 한 번씩 거풍*을 하고 나면 생각도 차츰

• 거풍(擧風) | 쌓아 두었거나 바람이 통하지 않는 곳에 두었던 물건을 바람에 쐼.

가벼워지지 않겠냐고 혼자 위안 삼는다. 춥다며 품을 파고드는
아이들을 꼭 끌어안아 준다. 여기까지 오기를 잘했다.

<여성주의 저널 일다> (http://www.ildaro.com)

⏻ 공정 여행(Fair Travel)

'공정 여행'은 여행에서 만나는 이들의 삶과 문화를 존중하고, 내가 여행에서 쓴 돈이 그들
의 삶에 보탬이 되고, 그곳의 자연을 지켜 주는 여행을 말합니다. '착한 여행', '책임 여행',
'윤리적 여행'이라고도 합니다. 공정 여행은 공정 무역에서 시작되었습니다. 우리가 마시
는 5000원짜리 커피의 이익금이 정작 고생하며 커피를 재배한 커피 농장 인부에게는 5원
조차 돌아가지 않는 현실을 바꾸기 위하여, 생산자를 착취하지 않는 무역과 소비를 하자는
운동이 공정 무역입니다. 공정 여행에서 여행은 '소비'가 아닌 '관계'를 중시합니다. 여행자
와 여행 대상국의 국민이 평등한 관계를 맺는 여행인 것입니다. 공정 여행은 환경을 파괴
하지 않는 여행, 현지인이 운영하는 숙소 이용, 현지에서 생산되는 음식 구입, 지역 사회를
살리는 여행하기 등을 통해 여행 수익이 현지인에게 돌아가도록 하는 것을 강조하고 있습
니다. 우리나라보다 못사는 나라라고 해서 마구 행동하거나 무시하는 것이 아니라 현지 주
민과 교류하면서 여행지의 문화를 배우고 사람과 문화를 존중하는 여행을 한다면 공정 여
행이 될 수 있습니다.

1 자신의 짐도 더 들어야 하고 비용이 더 많이 듦에도 글쓴이가 여자 트레킹 가이드를 선택한 까닭은 무엇일까요?

2 여러분이 여행을 하면서 실천할 수 있는 공정 여행의 방법은 무엇이 있을지 생각해 보세요.

나그네 길에 오르면 자기 영혼의 무게를 느끼게 된다.
무슨 일을 어떻게 하며 지내고 있는지,
자신의 속얼굴을 들여다볼 수 있다.
― 법정

✦ 제주 오름 오르는 길

3

몬드리안 라인이
춤을 추는 땅

− 제주올레 성산포 구간

이혜영

지리산길에서 제주올레로 옮아가기

지리산길 걷기의 경험은 길에 대한 호기심을 부풀렸다. 차 걱정,
속도 걱정 없이 온전히 두 발이 주인공이 될 수 있는 도보길이라
면 어디든 찾아가고 싶어졌다.

마침 전복을 닮은 탐스런 섬 제주에 '제주올레'라는 도보길이
닦이고 있었다. 올레는 제주도 마을의 구불구불한 옛 골목길을
일컫는 말이다. 예전에 '올레'의 뜻을 듣고 나서 어감이 참 맛깔
스럽나 싶었는데, 그 이름을 딴 길이라니, 솔깃하지 않을 수 없
었다. 제주올레, 제주 올래? 그럼~ 가고말고!

사업이 첫발을 뗀 시점으로 치면 지리산길과 제주올레는 앞
서거니 뒤서거니 비슷한 시기에 태어난 셈이다. 물론 두 길 모두
육중한 산(지리산과 한라산)의 둘레를 돈다는 점은 닮았지만, 질

감이나 느낌은 사뭇 달라 보였다. 지리산길은 주로 산길을 더듬어 가며 마을들을 이었다. 때로는 무성한 수풀 속에 잠들어 있는 '옛길'을 오늘의 무대로 끌어내기도 했다.

바닷가를 따라 지그재그로 섬을 일주하는 제주올레의 길들은 대부분 '오늘'의 길일 것이었다. 오래전부터 섬 곳곳이 관광지로 다듬어지다 보니 사실 '발굴'의 여지는 상대적으로 적게 보였다. 궁금해졌다. 제주올레는 어떤 길들을 끌어내고 있을까.

제주올레를 걷기 전 팸플릿을 먼저 구해 보았다. 첫 장에 허영선 시인의 권두시가 실려 있었다. 한 구절이 유난히 눈에 날아와 박혔다. "소똥 말똥 아무렇게나 밟혀도 그저 그윽한 길." 쾌적하고 화사한 휴양지로 연상되는 제주섬에서 똥을 밟아 보아도 좋지 않겠느냐는 엉뚱한 권유였다. 바닷가 펜션을 무료로 대여한 행운만큼이나 묘하게 흥분되는 일종의 발상 전환 혹은 마음 풀어헤치기.

파란 하늘 물이 뚝뚝 떨어질 것 같은 초가을 아침. 드디어 제주 공항에 내려섰다. 배낭을 멘 채 잠시 고민했다. '가만, 올레길 초입까지 어떻게 간다?' 올레를 걷자니 그간의 습관처럼 렌터카를 대여할 필요가 없어졌다. 중문단지처럼 유명 관광지로 곧장 실어다 주는 리무진 버스도 내 여정과 맞지 않았다. '그래. 이참에 여정을 통째로 올레 콘셉트로 맞춰 보자.' 버스 시간표를 찬찬히 살펴보며 시내버스에 올라탔다. (나중에 여유가 많으면 배를 타고 제주에 와도 좋겠다.)

차창 밖에는 원색으로 옷을 맞춰 입은 남녀가 렌터카에 짐을 싣고 있고, 차창 안에서는 한 무리 노인들이 열띤 이야기꽃을 피워 내고 있었다. 나로선 도통 알아듣기 힘든 제주 사투리여서 갑론을박인지 우격다짐인지 이해하기 어려웠다. 줄거리를 꿰차기 어려운 그 웅성거림이 도리어 매력으로 다가왔다. 그간 익숙하다고 생각했던 제주가 이국적인 낯섦을 내비쳤다. 난 그저 차창 밖으로 보이는 한 쌍의 남녀와 같던 모습에서 현지인들의 버스 안으로 동선을 변경한 것뿐인데…….

제주시의 시외버스 터미널은 시골 읍내 터미널처럼 '생활'의 맛이 묻어났다. 낡은 소파에 기대어 졸고 있는 할아버지, 수십

✦ 올레길 표지

년은 족히 되었을 '구멍가게'의 간판들. 깔끔한 '국제 휴양 도시' 제주를 여행하면서 그간 접해 보지 못했던 생활의 결들. '같은 곳도 다른 방식으로 접근하니 전혀 다른 곳이 되는구나.' 올레길 초입인 성산읍 시흥리에 도착하려면 멀었지만, 버스에 올라탄 순간부터 나의 제주올레 체험은 이미 시작됐다.

한적한 마을 시흥리의 초등학교 앞에서 드디어 '파란 화살표'와 상봉했다. 제주올레는 표지목이 따로 없이 파란 스프레이로 길 곳곳에 표시해 둔 화살표를 따라가는 여정이었다. 바위에도, 벽에도, 전봇대에도, 길바닥에도……. 화살표는 거침없이 제주의 속살을 헤집고 나아갔다. 그 여정 속에서는 첫손 꼽히는 관광 명소 성산일출봉도, 삼나무가 드리워진 농로도, 기묘한 바위 외돌개도, 목장의 사잇길도, 작은 바닷가도 모두 평등한 '길'이었다. 기존의 이름표 다 떼고, 일부러 화장할 필요 없이, 화산섬 제주의 모습을 있는 그대로. 제주올레의 화살표가 부린 마법은 그것이었다.

화산섬이 인심 쓴 오름에서 광활함에 취함

들판에 봉긋 솟은 그 언덕을 두고, 어미 한라가 만들어지면서 낳은 새끼 화산, 즉 오름이라 했다. 육지의 산은 저마다 줄기가 있고 그 품에서 물을 만들어 내는 게 보통인데, 오름은 맥락 없이 외따로 솟아 있다. 볼록볼록한 그 모습이 '엠보싱 제주'의 독특한 미감을 만들어 낸다.

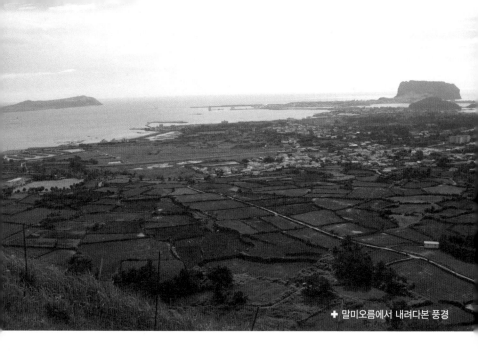

➕ 말미오름에서 내려다본 풍경

　제주올레는 그 오름에 오르는 것으로 시작됐다. 그것도 여느 오름이 아니었다. 제주 사람들마저도 '이런 곳이 다 있었어?' 하고 눈을 다시 비비고 본다는 숨은 명소, 성산읍 시흥리의 '말미 오름'이었다.

　말미오름(157미터) 꼭대기에서 둘러보니 제주섬 동부가 줄줄이 시선의 그물에 낚였다. 드문드문 오름들을 빼고선 온통 탁 트인 들판과 바다였다. 그 끝에 성산일출봉과 우도가 방점을 찍었다. 눈이 시원하고 몸이 상쾌했다. 아득한 허공을 차지한 건 온통 바람. 겨우 요만한 높이를 올라와서 이런 해방감을 느껴 봤던가? 몸의 기억을 찬찬히 뒤져 봐도 '잠깐 줄 서고 한 아름 선물 받는' 이런 종류의 희열이 잘 떠오르지 않았다.

일출봉엔 관광객들이 와글와글할 텐데 반대편 이 꼭대기엔 나 혼자였다. 제주올레 걷기를 말미오름 오르기부터 시작하는 것은 탁월한 기획인 듯했다. 혹시라도 관광지 인파와 고만고만한 코스에 질려 '제주다운' 풍광에 갈증을 품었다면, 이만한 곳도 드물겠다. 이 전망대는 북제주인 제주시와 남제주인 서귀포시 경계선에 있다.

출발점인 아담한 시흥초등학교도, 여기까지 걸어온 돌담길도 한눈에 내려다보였다. 밭들의 경계를 이루는 검은 '밭담'*이 곡선의 밭을 조각보처럼 꿰매어 이었다. 네모난 '산담'*을 두른 무덤들이 언덕 옆구리에 점점이 박혀, 곡선의 조각보에 직선의 무늬를 덧보탰다. 반듯반듯한 몬드리안 라인이 제주 바람에 취해 춤을 추다 곡선이 된 형상이었다. 제주 밖에선 보기 드문 선의 향연.

아무래도 조물주는 조각보 한가운데 한라산을 만들고 남해 바다에 넓게 펼쳐 '제주도'라고 이름 붙인 것 같다. 지형학적으로 치자면 그 조물주는 마그마일 것이다. 제주도는 화산이 폭발하면서 묽은 마그마가 멀리멀리 퍼져 식은 형태, 즉 방패 모양의 순상화산이다. 태생이 제주와 같은 화산섬인 울릉도는 걸쭉한 마그마가 멀리 퍼지지 못하고 종 모양으로 굳은 종상화산이다.

제주올레 1코스는 해안가를 따라 걷기 전에 먼저 말미오름과 알오름을 거친다. 두 오름은 목장을 사이에 두고 서로 이어져 있다. 첫 번째로 오른 이 말미오름은 '두 얼굴'의 매력을 갖고 있다.

✛말미오름에서 풀을 뜯는 소

동글동글한 여느 오름들과 달리, 밑에서 말미오름을 올려다보면 흡사 시루떡을 쌓아 놓은 듯한 기암절벽이다. 그 절벽을 아래서 바라볼 때는 사실 한숨을 좀 쉬었다. '저길, 진짜로, 올라가야 해? 암벽 등반이라도 해야 하나?'

알고 보니 긴장할 필요가 조금도 없었다. 밭담 사이로 난 길은 기암절벽 옆구리로 이어졌고, 오르는 듯 마는 듯했는데 어느새 내 발은 그 절벽 위에 놓여 있었다. 수직 절벽의 위압감은 어디

• 밭담 | 제주도에서 밭 가장자리를 돌로 쌓은 둑. 밭의 경계도 되고 바람으로부터 곡식을 보호하기도 한다.
• 산담 | 무덤 뒤에 반달 모양으로 두둑하게 흙으로 둘러싼 성을 뜻하는 '사성(莎城)'의 제주도 사투리.

서도 찾아볼 수 없었다. 꼭대기는 움푹 팬 느긋한 초지와 숲이었다. 말미오름이 숨은 명소인 것은 이처럼 겉과 속이 다른 덕분이었다. 사람이 겉과 속이 다르면 손가락질을 받는데, 자연이 그러면 명소가 된다.

하늘 바람에 취해 발아래 상황에 무심했다. 풀섶 이곳저곳에 널린 흙덩어리들, 아니 소똥들. 오름은 제주에서 마을 목장으로 쓰이는 경우가 많다. 오름 꼭대기라고 해 봐야 가파르지도 않고 높지도 않으니 소들은 끝까지 올라와 풀을 마음껏 뜯어 먹고 똥을 부려 놓는다.

그러고 보니 제주에 오기 전 허영선 시인의 시를 보며 괜히 뭉클해 했던 바로 그 '소똥, 말똥'이었다. 아무렇게나 밟혀도 그저 그윽하리라던 실체들이 드디어 눈앞에 펼쳐졌다. '밟아 주세요. 내심 원하셨잖아요.' 바람이 잘 말려 주어 설령 밟아도 불쾌하지 않을 듯했지만, 예상보다 너무 푸짐했다. 조심조심 피해서 오름을 내려갔다. 마음처럼 제주와 하나 되기는 조금 어려웠다.

알오름은 마냥 누워 있고 싶은 초원 언덕이었다. 노란빛과 자줏빛 야생화들이 초원을 수놓았고, 뒤돌아보면 제주 동부의 오름들이 역광을 알맞게 흡수해 잠자듯 웅크리고 있었다. 〈어린 왕자〉에서 코끼리를 삼킨 보아뱀 같은 실루엣은 다랑쉬오름, 그 옆은 아마도 용눈이오름, 그 뒤에 멀리 어미 같은 한라산…….

송당리 일대는 '오름 왕국'이라 불릴 정도로 제주의 전형적인 오름들이 많이 몰려 있다. 한국에선 좀처럼 맛보기 힘든 초원의 아득한 평화를 베고 누워 시간도 내려놓고, 어미 한라와 자식 오름들이 색색이 변해 가는 모습을 바라보고 싶어졌다. 벌렁 초원에 누웠다. 쨍그렁!

등 뒤에서 항아리 깨는 소리가 났다. 휙 돌아보니 초원 한가운데 노루가 있었다. 순한 눈에서 레이저 광선이라도 쏠 듯이 제 딴에는 무섭게 나를 쏘아보더니, 몸이 뒤집힐 만큼 뒷다리질을 해 대며 더 위로 올라갔다. 다시 목청껏 항아리를 깼다. '인마! 내 집에서 나가!' 녀석은 항아리를 두어 번 더 깨며 위협했는데, 그것마저도 귀엽게 보였다. 녀석을 위협하고 싶지 않아도, 이치피 야생 노루에게 '사람'의 존재는 안드로메다보다 더 먼 데 있는 외계인일지도 모른다.

제주에선 노루가 야생 포유류의 최상층에 있다. 축사를 박차고 나가 야생화 된 돼지를 제외하면, 제주는 참말이지 순한 섬이다. 알오름에서 내리막길로 접어드는데 또 항아리가 깨졌다. '너 아직도 안 갔냐! 망할 자식!' 녀석은 마지막으로 휙 뒤돌아 쏘아보고는 수풀 속으로 후다닥 사라졌다. '가지 마. 너를 해치지 않아.' 나 혼자 연정을 품은 찰나의 인연처럼, 겁을 먹고 사라진 동그란 눈동자가 가슴에 와 박혔다.

오름 산책은 일종의 '선물' 같다. 혹시 누가 내게 잘못 배달한 것이 아닐까, 번지수가 틀렸다면 다시 회수하러 오지는 않을까 싶어 공연히 마음 졸이게 만드는 뜻밖의 선물. 길 위에서 큰 기쁨을 얻기 위해선 그만큼 몸의 정직한 수고를 내놓아야 하는데,

황홀한 전망대인 오름에 오르는 데는 잠깐이면 된다. 말미오름 꼭대기까지 오르는 데 겨우 10분 남짓. 알오름은 오르막이라 할 것도 없었다. 땀 한 방울 날라치면 성급히 말려 주는 바람 덕분에 더울 짬마저도 없었다.

갈대밭이 소금밭

말미오름을 내려와 다다른 종달리는 조용한 해안가 마을이었다. 검은 돌담 구불구불한 마을 올레를 지나 시원스런 퐁낭(팽나무의 제주도 말) 아래 댓돌에 앉았다. 마을을 둘러싼 갈대들이 바람에 사각사각 부딪혔다. 이 동네 '소금밭'이 유명하다고 했다.

구멍가게에 들어가 아이스바를 하나 사고 주인 할머니에게 소금밭이 어디에 있는지 여쭈었다. 마당에서 참깨를 털다가 나온 할머니가 대답했다. "&%#@$." 뭐라고 하신 거지? 첫마디부터 알아들을 수가 없었다. 제주 말은 어투가 아니라 어휘 자체가 다른 경우가 많은데, 할머니는 말투까지 빨랐다. 말을 마친 할머니는 나의 반응을 기다리며 웃고, 나는 애매한 표정을 지으며 쩔쩔맸다. 이쯤이면 '왜 종달리 소금밭인가요'가 아니라 '소금밭이 어딘가요'만 알아내도 감지덕지였다.

어찌어찌 알고 보니 내 주변을 둘러싼 갈대밭이 모두 소금밭이었다. 갈대와 소금이 무슨 상관일까? '다행히' 퐁낭 아래 그 이유를 알려 주는 설명판이 있었다. 제주에는 염전이 없어 원시적인 방법으로 갯바위에서 조금씩 소금을 채취하고 나머지는 육지에서 들여왔다. 그러다가 조선 선조 때 강여라는 목사*가 종달리를 염전의 최적지로 보아 염전을 만들고, 마을 사람들은 육지로 가서 제염술*을 배워 왔다고 한다.

1900년대 초 마을 353가구 중에서 160여 명이 종달리 소금밭에서 일했을 정도로 염전은 규모가 크고 활기찼다. 이후 교통이 발달하면서 육지 소금들이 손쉽게 들어와 종달리 염전은 쇠퇴하기 시작했고, 해방 이후에는 방조제를 쌓아 염전은 맨땅이 됐다. 십 수 년 전까지는 논으로 사용했는데, 점점 육지 쌀에 의존하다 보니 논도 쓰임을 잃어 이제는 갈대밭으로 변했다는 이야기다.

일출봉 바닷가가 보여 주는 제주섬의 역설

종달리~시흥리 구간은 해안 일주 도로를 따라 걷는 길이다. 도로가 바닷가에 딱 붙어서 나 있으니, 따로 걸을 만한 샛길이 있을 리 없었다. 찻길과 나란히 가는 자전거도로를 따라 걸었다. 발바닥이 푹신한 흙길에 대한 갈증이 슬쩍 일었지만, 멀리 우도와 성산일출봉을 끼고 내려가 바닷바람에 원 없이 취해 걸을 수 있었다.

'허'로 시작하는 번호판을 단 렌터카들이 스쳐 가고, 자전거 하이킹족도 지나갔다. 걷는 나는 가다가 괜히 바닷가로 빠져 보고,

---

* 목사 | 조선 시대에 관찰사 밑에서 지방 행정 단위였던 목(牧)을 다스리던 벼슬
* 제염술 | 소금을 만드는 기술

바위에 밀려온 미역들을 신기하게 들여다보다가, 초가을 햇살에 잘 마른 오징어를 사서 질겅질겅 입에 물었다. 짜지도 않고 너무 딱딱하지도 않게 찰진 느낌이 맥주를 부르는 맛이었다. 시흥리 바닷가에 빨래처럼 널린 오징어들은 이틀 정도의 햇살이면 잘 마른다고 한다.

"이건 한치가 아니라 준치예요. 한치는 귀해서 이런 데까지 못 오죠."

"근데 왜 준치라고 불러요? 오징어 아닌가요? 준치는 생선 이름인데."

"제주도에선 준치라고 불러요. 근데 힘들게 왜 걸어서 다녀요? 렌터카도 널렸고 성수기도 지나 비싸지도 않은데."

오징어를 말리는 시흥리 아주머니는 제주를 '걷는' 나그네가

+ 시흥리 해안 풍경

이해되지 않고, 나그네는 멀쩡히 준치가 있는데 왜 오징어를 준치라 하는지가 궁금했다.

"저요? 간세다리(게으름 피우는 사람을 뜻하는 제주 말)라 그래요."

제주올레를 걷다 보면 바다에서 수중 폭발로 생긴 일출봉의 이모저모를 살펴볼 수 있다. 길을 안내하는 파란 화살표를 잠시 벗어나 성산읍 한가한 바닷가 언덕에 섰다. 일출봉 왼쪽 절벽은 조물주가 단숨에 패 놓은 장작의 단면 같다. 이 각도에서 보는 일출봉의 실루엣이 낯익었다. 어디선가 강렬하게 접한 기억이 있었다.

그 실루엣은 강요배의 그림 〈광풍〉에 등장했다. 1948년 제주 4·3사건* 당시 성산 주민들이 일출봉 아래 바닷가로 끌려와 총살을 당했다. 강요배의 그림 속 그 자리가 이곳이었다. 기억 속 그림을 눈앞의 풍경에 덧대어 보고 있는데 젊은 남녀가 다가와 울타리에 기대어 사진을 찍고는 총총 사라졌다. 그녀의 길고 하얀 스커트가 나비처럼 바람에 살랑거렸다. 또 한 남자는 혼자 바다를 오래도록 바라보다가 사라졌다. 어제와 오늘, 장소가 환기시키는 이미지들의 간극이 아득했다.

제주 4·3연구소의 오승국 이사를 만났는데, 그는 "제주는 섬

---

* 제주 4·3 사건 | 1948년 4월 3일부터 1954년 9월 21일까지 제주도에서 일어난 민중항쟁으로, 일본 패망 후 한반도를 통치한 미군정 체제의 사회 문제와 남한 단독정부 수립에 반대하는 과정에서 많은 주민이 억울하게 희생당한 사건. 당시 목숨을 잃은 사람이 제주 인구의 10분의 1에 해당하는 3만여 명이었는데, 이는 6·25 전쟁 당시 희생당한 남북 한국인의 비율과 거의 비슷한 것으로, 4·3이 얼마나 참혹했는지 짐작할 수 있다.

전체가 4·3사건의 현장이라 따로 유적지를 지정하기 어려울 정도"라고 말했다. 강요배의 4·3 그림 연작화집인 《동백꽃 지다》를 보면 성산읍에 살던 조유삼 씨의 증언이 나온다.

"…… 토벌대는 주민들을 일렬횡대로 세우고 자신들도 일렬횡대로 서서 한 사람씩 맡아 총살했습니다. 이미 혼이 나갔는지 울거나 사정하는 사람은 없었고, 너무 목이 말랐는지 죽기 전에 바닷물을 떠먹는 사람도 있었습니다……."

멋진 풍경을 앞에 두고서 기어이 암울한 기억을 끄집어내는 버릇. 사실 무책임한 여행자의 호사스런 습성일 것이다. 길 가는 저 할머니의 아버지였거나 할아버지였을 사람들의 아픔에, 스윽 스쳐 가는 이 나그네의 솔깃함을 공감이라 보기에는 무리이다. 저절로인지 억지로인지는 알 수 없으나, 좌우지간 장소의 역사를 떠올리는 것은 내가 그 장소와 연대를 맺는 나름의 방식이었다.

그런 버릇을 지닌 사람의 눈에 제주는 역설적인 공간이었다. 섬 전체가 서정적인 아름다움의 극치이면서, 또 섬 전체가 시린 비극의 현장인 탓이다. 제주섬은 너무나 아름답다. 색의 조화에 둔감한 사람도 '색채'에 눈뜨게 만드는 풍경이다. 그 풍경은 비극의 상상과 기억을 한번에 날려 버리기 십상이었다.

일출봉 지나 1구간의 마지막인 광치기 해안이 조유삼 씨가 증언한 장소였다. 이 바닷가는 1940년대까지만 해도 밀물과 썰물에 따라 잠기고 드러나고를 반복해서 '터진목'이라는 별칭을 갖고 있었다. 물론 지금은 아예 육지가 되었고, 그 위로 해안 일주

도로가 지나간다.

푸른 비단의 '빌레'는 하루에 두 번 실종된다

터진목의 어둠을 '머리'로는 이미 숙지하고 있었지만, 발바닥은 지극히 '감각'적인 이유로 상기되어 있었다. 이 바닷가는 초록빛 암초들이 뒤덮은 암반 지대가 장관이라고 했다. 사진으로만 봐도 설레 발바닥이 미리부터 흥분하던 푸른 비단의 빌레(너럭바위를 뜻하는 제주 말)였다.

그런데 오랜 세월 파도가 빚었다는 그 예술품은 모두 어디로 도망갔는지 보이지 않았다. 누군가 경매에 붙여 버린 건지 주변엔 온통 모래사장뿐이었다. 그 비단 같은 길을 걸어 보려 샌들도 챙겨 왔는데…….

"지금은 밀물 때잖아요. 빌레는 저 바닷속에 있어요."

관광객을 태우는 말을 돌보고 있는 아저씨가 말했다. 물끄러미 나를 쳐다보는 갈색 조랑말이 '바보!' 하는 것 같았다.

썰물을 하염없이 기다릴 순 없었다. 때를 잘못 맞춘 나는 빌레 대신 일출봉을 음미하여 걸었다. 봉우리를 옆에서 보니 왜 이곳을 '성산(城山)'이라고 했는지 수긍이 갔다. 일출봉은 화산이 바다 위에 순식간에 쌓아 올린 성이었다. 그 성 옆구리에 구멍이 숭숭 뚫려 있다. 2차 세계대전 말기 일제는 전세가 기울자 본토

• 동공(洞空) | 아무것도 없이 텅 비어 있는 굴.

수복을 위한 최후의 방어선을 제주도에 구축했다. 제주도를 철저하게 군사 기지로 삼은 셈인데, 구멍들은 대공포를 숨겨 놓으려고 일제가 뚫어 놓은 동굴들이다.

세계자연문화유산으로 등재된 수중 화산 일출봉과, 식민 시대가 남긴 검은 동공*의 공존이었다. 일제가 물러간 이후에는 바닷가를 피로 물들인 학살의 기억도 보태어졌다. '드라마틱하다'는 표현은 이런 장소를 두고 하는 말일 것이다. 샌들도 필요 없이 맨발로 헤집던 백사장에 눌러앉아서 불쑥 영화 〈트루먼 쇼〉*를 생각했다.

트루먼 본인은 모르지만, 그가 나고 자란 고향의 일상은 각본이고, 가족부터 마을 사람들 모두가 배우였고, 마을과 바다 심지어 태양까지도 모두 세트장의 일부였다. 제주섬이 경험한 극단적인 것들의 공존의 기록은 혹시 각본이 아닐까? 극도의 서정과 비극을 한곳에 포개어 놓으면 인간은 어떤 반응을 보이는가를 확인하려는 시험지처럼. 눈에 보이는 대로 답을 달자면, 모두 '거짓말'이라 써낼 것 같다.

1코스 걷기는 광치기 해안에서 끝이 나고, 바닷가와 안녕을 고한 제주올레는 내륙의 중산간 마을로 들어간다. 중산간 마을의 감귤밭과 목장이 변치 않을 푸르름을 선사할 것이다. 그 길은 다음 제주행을 위해 곶감처럼 남겨 두었다. 이젠 제주섬의 남쪽 끝 서귀포로 간다.

갈증을 지우려고 '쭈쭈바'를 사서 물고 정류장으로 향하는데 시외버스가 도착하고 있었다. 멀리서 '서귀포'행임을 확인하고 후닥닥 올라탔다. 성산읍에서 하교하는 중학생들이 자리를 몽땅 채우고 앉아 있었다. 나만 혼자 서서 가게 됐다.

'저 아줌마 웬 쭈쭈바를?' '제주 사람이 아닌가?' 중학생들의 시선을 한 몸에 받게 된 나는 원숭이였다. 씩씩한 올레꾼의 '자부심'을 버리고 잠시 창밖의 렌터카가 그리웠다. 유쾌한 당혹감 역시 제주올레 덕분이었다.

《지리산 둘레길 걷기여행》(한국방송출판, 2009)

* 〈트루먼 쇼〉 | 짐 캐리 주연의 1998년 영화. 주인공 트루먼은 평범한 샐러리맨인데 24시간 생방송 되는 '트루먼 쇼'의 주인공이다. 트루먼의 주변 인물은 모두 배우이고 사는 곳 또한 스튜디오로, 전 세계의 시청자들이 그의 탄생부터 서른이 가까운 지금까지 일거수 일투족을 TV를 통해 보고 있지만 정작 본인만 그 사실을 모른다. 나중에 이 사실을 알게 된 트루먼은 카메라의 눈을 피해 탈출을 시도하고 마침내 진정한 자유를 찾아 바깥세상으로 나가게 된다.

⏻ 제주 올레길

올레는 집 대문에서 마을길까지 이어지는 아주 좁은 골목을 뜻하는 제주 말입니다. 올레는 제주에만 있는 독특한 문화인데, 검은 현무암으로 쌓은 집으로 가는 골목올레는 집과 마을을, 나와 세상을 이어 주는 길이며 제주 돌담길의 미학을 보여 주는 길입니다. 제주올레는 발음상 '제주에 올래?'라는 초대의 의미도 담고 있습니다. 제주올레는 걸어서 여행하는 이들을 위한 길입니다. 차를 타고 다니는 여행이 띄엄띄엄 찍는 점의 여행이라면, 제주올레는 그 점들을 이어 가는 긴 선의 여행입니다. 점 찍듯 둘러보고 훌쩍 떠나는 여행에서는 볼 수 없었던 제주의 속살을 발견할 수 있고, 제주의 숨은 비경과 작은 섬들마다의 매력을 걸으면서 느껴 볼 수 있습니다.

✿ 몬드리안(Pieter Cornelis Mondriaan, 1872~1944)

네덜란드의 화가. 작품을 수평선과 수직선으로 구성하고, 색채를 몇 가지 최소한의 기본색으로 제한하여 그림에서 순수한 '질서와 조화의 아름다움'을 추구했습니다. 잘 만들어진 조각보를 보는 듯한 느낌의 몬드리안 작품은 오늘날에도 일상적인 디자인에 응용되기도 합니다.

 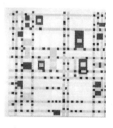 

〈빨강, 파랑, 노랑의 구성〉 　〈브로드웨이 부기우기〉 　몬드리안 작품을 응용한 운동화

1 글쓴이가 제주도를 '역설적인 공간'이라고 말한 까닭은 무엇일까
요?

2 이 글에 드러난 글쓴이의 감상을 바탕으로 할 때, 걷기 여행의 장
점이 무엇인지 말해 보세요.

바보는 방황하고 현명한 사람은 여행한다.

― T. 플러

고선영 《Friday》, 《The traveller》 등에서 여행 기자로 일했고, 현재는 여행 칼럼니스트입니다. 지은 책으로는 《소도시 여행의 로망》, 《제주 여행의 달인》 등이 있습니다.

김병종 서울대학교 미대 교수이며 화가입니다. 지은 책으로는 남미 여러 나라를 두루 여행하며 쓴 《김병종의 라틴화첩기행》과 미술 에세이 《오늘밤, 나는 당신 안에 머물다》, 《김병종의 화첩기행》 등이 있습니다.

김선미 《살림이야기》 편집 위원이자 작가입니다. 가족과 함께 한 캠핑 이야기를 담은 《아이들은 길 위에서 자란다》, 《바람과 별의 집》과 인터뷰집 《산에 올라 세상을 읽다》 등을 썼습니다.

김희경 신문사 기자로 일했고, 지금은 공부하며 책을 쓴다. 여행기인 《나의 산티아고, 혼자이면서 함께 걷는 길》을 썼고, 《흥행의 재구성》, 《내 인생이다》 등을 펴냈다. 블로그 '그녀, 가로지르다(www.bookino.net)'를 운영하고 있다.

문종성 6년 동안 85개국 자전거 여행을 목표로 모험 길에 올라 있는 여행 작가입니다. 지은 책으로는 자전거 세계 일주 여행기인 《라이딩 in 아메리카》, 《자전거 타고 쿠바 여행》, 《청춘로드》가 있습니다.

신영철 산악 전문지 《사람과 산》 편집 위원이자, 여행 작가입니다. 이미 20여 차례에 걸친 히말라야 원정을 다녀왔고, 지은 책으로는 《걷는 자의 꿈, 존 뮤어 트레일》, 《가슴 속에 핀 에델바이스》, 《신영철이 만난 휴먼 알피니스트》 등이 있습니다.

안창남 일제 강점기 시대를 산 사람으로, 우리나라 최초의 민간인 조종사입니다. 독립운동을 하기 위해 간 상하이에서 비행기 사고로 목숨을 잃었습니다.

유홍준 명지대학교 미술사학과 교수이자 미술평론가입니다. 지은 책으로는 국토 답사기인 《나의 문화유산답사기》, 미술사 관련 저술인 《화인열전》, 《완당평전》, 《유홍준의 국보순례》, 《유홍준의 한국미술사 강의》 등이 있습니다.

이용한 1995년《실천문학》신인상을 수상한 시인입니다. 시집《안녕, 후두둑 씨》,《정신은 아프다》, 여행 에세이《물고기 여인숙》,《하늘에서 가장 가까운 길》,《바람의 여행자》, 고양이 에세이《안녕, 고양이는 고마웠어요》등을 펴냈습니다.

이혜영 월간〈전라도닷컴〉, 일간〈광주드림〉에서 기자로 활동했습니다. 지은 책으로는 여행기《지리산 둘레길 걷기여행》이 있습니다.

조수영 '과학'과 '여행'이 만난 좌충우돌 여행기를 '몰리'라는 아이디로 인터넷에 연재해 많은 사랑을 받았던 과학 교사입니다. 지은 책으로는《사파리 사이언스》가 있습니다.

지리교육연구회 지평 1995년 현장 지리 교육에 아쉬움을 느낀 지리 교사들이 모여 만든 모임입니다. 매주 학습 자료를 만들고 토론하며, 외국의 지리 교과서도 분석하고, 국내외로 답사를 다니고 있습니다.

진형민 여성주의 저널 일다에 11개월 간의 아시아 여행을 담은 '세 딸과 느릿느릿 아시아 여행'이라는 여행기를 연재하고 있습니다.

최창수 여행 사진가이자 방송국 예능 PD로 활동하고 있습니다. 몽골을 시작으로 에티오피아까지 총 17개월을 여행하며 수많은 풍경과 사람을 카메라로 찍어《지구별 사진관》을 펴냈습니다.

한비야 국제 구호 활동가입니다. 지은 책으로는 세계 곳곳을 여행한 경험을 담은《바람의 딸, 걸어서 지구 세 바퀴 반》,《바람의 딸, 우리 땅에 서다》,《한비야의 중국견문록》, 긴급 구호 현장에서 쓴《지도 밖으로 행군하라》등이 있습니다.

사진 제공
김선미 | 김성철 | shutterstock | 이영란 | 진형민 | 최창수 | HELLO PHOTO

국어시간에 여행글읽기 1
주제편

1판 1쇄 발행일 2012년 4월 16일
2판 1쇄 발행일 2020년 3월 23일
2판 3쇄 발행일 2021년 2월 22일

엮은이 전국국어교사모임

발행인 김학원
발행처 (주)휴머니스트출판그룹
출판등록 제313-2007-000007호(2007년 1월 5일)
주소 (03991) 서울시 마포구 동교로23길 76(연남동)
전화 02-335-4422 **팩스** 02-334-3427
저자·독자 서비스 humanist@humanistbooks.com
홈페이지 www.humanistbooks.com
유튜브 youtube.com/user/humanistma **포스트** post.naver.com/hmcv
페이스북 facebook.com/hmcv2001 **인스타그램** @humanist_insta

편집책임 문성환 **편집** 김사라 **디자인** 김태형 김수연
용지 화인페이퍼 **인쇄** 청아디앤피 **제본** 정민문화사

ⓒ 전국국어교사모임, 2020

ISBN 979-11-6080-354-9 44810
        979-11-6080-353-2 (세트)